Xiron Poetry Club

磨铁读诗会

新世纪诗典

—第九季—

伊沙 编选

中国友谊出版公司

《灯塔》（代编选者序）

伊沙

平日不觉得
疫期之中
尚有大量诗件
自重灾区湖北
发往我邮箱
那《新诗典》
就是希望的灯塔了
我这个守塔人
感到很幸福

2020/02/26

目录

第一辑　你要电吗

第二辑　父子像

第三辑 鸡，诗意地栖居

第四辑　诗人写什么

第五辑 一只龟发现了自己的灵魂

第六辑 我所拥有的

第七辑 死后的世界

第八辑　世界文明

第九辑　圣诞夜

第十辑 虎山行

第十一辑　城市

第十二辑　鸽子

第一辑　你要电吗

我老有一种预感
炉膛里烧的不是煤
是人的灵魂
发出去的电
也是输送给人的灵魂
正如我知道的
有人拒绝通电
有人害怕通电
有人渴望通电

——庞华

安慰

艾蒿

照顾我几次
大手术后
父亲似乎得其门道
在老家的医院
当上了护工
收入不错
但他依然不忘
遗憾地念叨
如果他要是有些文化
就更好了
这次我换了一种方式
安慰他
爸，你看看我

伊沙点评：满额诗人轮流充当头条诗人的模式结束了，从第九季开始，将进入到一个新的头条诗人的模式：你必须是战士——不，还不够，你必须是战神——才有资格在《新诗典》的城头悬挂拥有自己姓氏的旗帜！八年过去了，写父亲依然是最能出佳作的题材。

军工厂门前

侯马

有只小鸟落在马路中间
在柏油残破的坑洼喝水

它的祖先一定在大象的脚印中饮过

2018/12/09

伊沙点评：上两周，我在中国高校第一个现代诗写作课上，分别讲了作者一首写共和国断代史的小史诗和一首写自己家事的充满人生经验、含金量的日常诗，然后再推荐这一首艺术精品的纯诗，内心便充满喜悦和对同行的钦佩。我面对的是一位丰富立体的诗人。

巧合

左右

夜深
闲来无事
躺在床上
把废弃已久的助听器
戴上

枕头下方
楼下的男女
在我翻动身子的那一瞬
他们仿佛停止了
动
静

伊沙点评：“长安诗歌节”内部有定论：左右只要从耳朵出发，写与声音有关的题材，再联系到命运，就是卓越的诗人。这次又来了，每一次还会带来一点新发现、新发明。

修轮椅

闫永敏

徐江摔伤腿出门不便
我们去他家开诗会
开始前
他的妻子彭老师
陪妈妈去看病
回来时天已黑
通过敞着的书房门
我看见她坐在徐江的轮椅上
她出门前坐着的转椅
推过来被我坐了
现在要不要还回去呢
只见彭老师又坐到小凳子上
用两个扳手修轮椅

伊沙点评：读本诗，就像看一位画家画我熟悉的人——我的师姐、我好朋友的妻子，真是画得神形兼备，甚至入木三分！我看得感动，也对画家的画技十分钦佩。顺祝天生的、天然的后口语诗人闫永敏获得了首届“中国口语诗奖·铜舌奖”！

保安

韩敬源

这是今天早晨遇见的
幼儿园门口的保安
剃了个平头
嘴里叼着一支烟
左耳朵上夹一支烟
右耳朵上也夹一支烟
神气活现地
走来走去
两支烟都没有掉下来

2019/03

伊沙点评： 如果是一般作者，我就就诗论诗，既然是推荐，何必还要说丑话呢？但自家弟子，却不可以。倒也不是连续弱轮，而是韩敬源的入典诗在他现在的写作中不具有代表性，是每次来稿中的另类、零余者——就好像他越认真越用力越写不好，偶尔失手作首好诗入了典，这肯定是写作出了问题，并且是综合因素造成的。随着现代诗写作课的首开，“西外大诗人”人数肯定会激增，但如果其中不出大诗人和主将，就不会晋升为文学史上的诗群，所以我要苛责。

一把旧镰刀

还非

我背井离乡大半生，退休后
发现母亲的遗物全被时间湮没了
我是长子，应该得到一把时间的遗产
前年，挖修老木屋后门台阶时惊现
母亲用过的一把割稻旧镰刀
锈迹斑斑，齿痕全无
半截烂铁，一把辛酸
重修木柄，植花除草
极尽手感，不舍之弃
母爱如天，福之器也

伊沙点评：也许68岁的老还非诗中还留有一点传统的遗迹，并不那么现代——但是，这已经不重要了，他是一个火热的存在，是一个真正的诗人！曾经，我们误以为在现代主义之后，诗人可以是冷血动物，结果我们发现自己错了，诗人的血必须是热的，在任何时代，换成任何一种艺术表现形式，都不会改变。还非是本质的诗人。

201[illegible].4.13

春天来了

周鸣

我的秃顶
一点也不买账

伊沙点评：周鸣又拿自己的脑袋开涮了，有自嘲精神的人一定是现代人，也成就了一首我在这个春天里所读到的，关于春天的、最开心的好诗。我无法设想，要不是用口语，本诗该如何写？

春

张娜

难以言喻
的味道弥漫在校园里
不知什么名的花
都开了
那些行走在
春天地板上
女生的脚脖子们
一定很冷
楼下猫扯着嗓子叫了一夜
居安女子修道院的人说
如果
喊叫有用的话
我的春天早来了

伊沙点评：中国高校第一个诗歌写作课“现代诗写作”在西安外国语大学中文学院首开，授课对象是大三本科生，课开六周，奇迹发生：三人三首被本典“订货”，依次推来。张娜这首赢在细节、氛围、幽微感、女性特质，诗才是显而易见的。

中年少女

王靖雯

早上起来
看到妈凌晨发来的
一条语音
她怒气冲冲地
重复那句
几十年来不知重复了多少次的话：
“如果这次你爸还不道歉
我一定跟他离婚！”

直到中午
我才想起
要给妈打个电话
屏幕中她手举擀面杖
眼角笑出鱼尾纹
身后是
笑吟吟坐在桌前
包饺子的爸

伊沙点评：王靖雯也是中国高校第一个诗歌写作课“现代诗写作”直播班上的大三学生，本诗属于典型的“事实的诗意”，越来越多的人领悟到：事实本身远比我们的主观感受复杂，诗歌课其实是人生课。

游乐场的龙猫

周昱君

穿条纹毛衣的大爷
把吹好的彩色气球
一个个装进手边土黄色破旧的布袋里
到了晚上
他就乘着布袋飞上树梢

伊沙点评： 中国高校第一个诗歌写作课“现代诗写作”开在西安外国语大学中文学院，本科汉语文学专业2016级的三个班，是不是其他学生就没有机会了呢？研二学生周昱君用她的实际行动做出了回答，她是屈尊下就的旁听生，却让自己的爱好走上了康庄大道。多好的纯诗诗感，多么成熟的现实与超现实合一的写作，如果错过了此次契机，那会多么可惜！

2019.4.17

入殓师

后后井

初学的时候
要画千百种脸
学会后
师傅只让画一种
众生平等
闭上眼都一样的
没全听师傅的
只按亲属要求去画脸和上妆
画来画去觉得确实都一样
仍然自作主张地划分出两种
男人一种
女人一种
极少会有第三种
但要碰见死不瞑目的
安抚到瞑目后
她会细致地
再描一条线
让逝者微微张开眼睛

伊沙点评：第九季排头兵或曰尖刀班 13 人中的最佳作品，不出在高额推荐的老作者中，不出在创造集体奇迹的现代诗写作课直播班，而是本诗，来自自由投稿。由于作者提供的小档案太过简略，我们连其所在年龄段也不知。本诗能成为最佳不是题材决定的，同样的题材我推荐过，而是诗的综合表现决定的。尽管在本典新人出佳作不是新闻，但出最佳作还是令人震撼与振奋！

黄花长城

维马丁

黄花长城
有人写字。
有的用粉笔,
有的往石头里刻。
粉笔其实是石头中间的灰,
砖头中间的灰,
掉下来了。
有人写“墨西哥”。
有人写“波兰”，用波兰语。
有人用法语写日期,
证明他昨天来过。
有人互写朋友的名字,
加电话号码。
全世界都有,
青少年都爱这样做。
还有人写
红军伟大,
我爱红军,
愿世界和平。

2019/04/08

（编者注：在长城上乱写乱画是违规的。这里只记录这种现象。）

伊沙点评：千万别以为维马丁入典很容易。于私，他是我在外国人中唯一可称挚友者；于公，他写中文诗，对于《新诗典》意义重大。但他每次入典照样很难，他投稿落空的时候很多——因为只要有一点小不顺，我就不会选，而他平时在中文语言场外写作，写的还是口语诗，很容易小不顺。本诗是他在这个春天的中国行中写的，写于北京，一入中文语言场，他就一顺百顺了，如此一来他这个欧洲人在“思”上的优势便完全发挥出来了。

2019.4.19

马戏团

黄海兮

马戏团的动物表演开始了
驯兽师在一旁指挥着
狮子滚球
老虎走梅花桩
鹦鹉举重
高潮处
一只黑熊在高空走钢线
猴子紧跟其后踩单车

人群中的惊呼声
来自这些动物们的精彩表演

而多年后的驯兽师
他老掉的牙床
已经堕落为我今天的恐惧
这，最初来自那个时代的
老虎和狮子——
它们被拔掉的牙齿

2019/01

伊沙点评：黄海兮是越写越好并且稳定在一个高度上的诗人，本诗有这一句就够了："老虎走梅花桩"，整体上还做得这么好。他现在有一半时间在湖北，但早早声明：坚决不退"大长节"[1]——聪明人最会利用最好的小环境。"大长节"如何，每位同仁的作品是最为有力的回答。

[1] 大长节：长安诗歌节。

2019.4.20

敬礼

西毒何殇

从饭店出来
天刚落雨
诗人王有尾
径直走向
一辆警车
警灯摇曳
他举起手
朝着窗口
敬了个礼

伊沙点评：“长安诗歌节”某场，西毒何殇讲了王有尾的一个故事，王有尾以当事人的角度又讲了一遍。我感到其中事实的诗意十分强大，就说：你们各写一首，谁的好上谁的。结果旁观者西毒何殇胜出，可见有时间离会胜过亲历——诗之道，深广着呢，没有定规。

在德国

蒋涛

行业访问团
去德国培训
有人惦记着购物
在互动环节
一个活跃分子
问德国人
比如一个人
在他的位子上
让他干事
他不干
不作为
你们德国怎么办
德国人立刻懵了
反复嘟囔
他为什么不干
为什么不干

2019/02/12

伊沙点评：如果没有口语诗，这件事不会被写下来，改革开放 40 年的进程将在诗歌中得不到表现，这一段的文明史将是一片空白，诗歌可以将表现力出手相让吗？不可以！诗歌可以在文明中缺席吗？不可以！口语诗挺身而出做出回答。

听闻大学设置书法专业后

庄生

2019.4.22

小学生利文杰说
中医
写的
就是
草书

伊沙点评： 过去有人说，好诗是改出来的——后来我们在创作实践中，发现此话极其片面，靠改出的好诗太少了。我想说的是，好诗不一定是写出来的，有一部分是抓到的，“事实的诗意”的理论证明这是可行的。本诗大概就是如此，抓得好，抓得妙，事实的诗意很结实，内含信息量很大。

巧合

叶臻

丈夫养小三的时候
三嫂养狗
丈夫的判决书下达后
三嫂养了十三年的狗
也断了气
三嫂红着眼睛告诉我
世上就有这么巧的事
狗的寿命
正好是丈夫的刑期

2019/03/12

伊沙点评：本诗明显是叶臻的弱轮，总体而言，他的冲击力在逐渐减弱。我对他的感觉与邢昊相似，其诗有“自旧性”，越写越旧，这是接地气之“土好型诗人”的通病吧？写着写着，就变成民间说书艺人了。真正的诗人，必须时时贡献智慧。

女神

李东泽

我问候你妇女节快乐
你说要叫女神
我想起那年你躺在床上
疼得我都想剖了
你却仍然忍着
把孩子顺产
后来你一咳嗽
就会尿失禁
再后来我们才知道
那是很多生产过的女人
都有过的一种病

2019/03/11

伊沙点评： 4 月下半月最佳诗作来了！李东泽的强轮——盛期来了！这是多少丈夫经历过的事，只有他想到写成诗！这是后口语的女性——母亲的赞歌！不想说太多，让我们反复欣赏它吧，给自己的妻子读一遍！

你要电吗

庞华

八分钟或十分钟
是班车过完一个村子
过山间公路的时间
路两边连绵的山丘
树木繁杂
山坡上一座座坟
接着就进入老坟山上
建起的火电厂
我老有一种异感
炉膛里烧的不是煤
是人的灵魂
发出去的电
也是输送给人的灵魂
正如我知道的
有人拒绝通电
有人害怕通电
有人渴望通电

伊沙点评：本诗题材很新颖，立意很正大，只是有一点点生硬——放眼中国诗坛，如今谁还在计较这个？唯我《新世纪诗典》，唯我后口语诗，所以逃掉者根本上是受不了这个，那就走你，恕不远送。兼写评论的诗人，换频道一定要换干净，别让理性干扰了感性。

千层饼

韩彩丽

夜深了
父亲在打纸钱
一沓烧纸被转成了一张千层饼

第二天早上
父亲拿这饼去喂饥饿了一年的亡灵

真奇怪
难道爷爷嫌这饼烫嘴吗
只围着饼缘吃

伊沙点评：中国高校开天辟地的现代诗写作课所创造的奇迹在扩大、在深化，又有三人入典！本诗不但入典，还与李东泽的《女神》争锋“半月最佳”，虽负但难掩其光彩：烧纸——千层饼，在一首口语诗中，堪称近年本典最佳意象。

2019.4.27

母语

王姣

听维马丁先生
发表创作谈
我发现
他只有在说德语时
特别流畅
我一时想起
每次和男友吵架
吵不过时
我便飙起
陕北话

伊沙点评：本诗一看就是现代诗写作课的成果。它或许不是该课学生中目前已推或将推六首中最好的，却是我最满意的：直播班同学全都看到、听到的场景，被写成了一首标准的后口语诗，还带有青春气与地方性——学生是可以被教会的，能够掌握最现代的诗型！

2019.4.28

无题

李亚茜

我站在楼上吃早点
无聊地四处乱看
对面楼上有一间教室
门半开着
灯没亮也没有人
窗帘是肮脏的蓝色
在底部团成一团
那形状像极了一只晃荡的脚
下课后
我又往那间教室看了一眼
门里的讲台边正好站着一个人
而那只脚就在他的头顶
晃个不停

伊沙点评：现代诗写作课第六位入典者，本诗的出现很有意义，它在提醒我：不要只注意那些亮的诗，还要注意暗的诗——不为夺人眼球，但规格却很高的诗。像本诗这样，一个暗风景。

一生

于帅

十六岁
加入乡村鼓乐队
二十六岁
表演吞铁球
卡喉
不治而亡

伊沙点评：好！什么是诗？它的主体与主旨应该是短小精悍、言简意赅——注意：这个“意”应该包括诗意。本诗做到了，短短六行，写完一个人的一生。本诗来自自由投稿，又是在打反口语派的脸：口语诗照样出精品、出经典！

恐惧

窗外

课堂上
十一岁的孩子
又高又大
比我高半个头
在我批评他后
他横着眼
拿根木棒走向我
我说：你是个好孩子
请回座位坐好
我知道
他一棒把我打死
是不负法律责任的

伊沙点评：我前面说过了，在 4 月下半月推荐的诗中，李东泽的《女神》最佳，韩彩丽的《千层饼》次之，但我个人最喜欢的却是本诗，这是为什么？喜欢就没有为什么，我只是感觉到作者采用了我喜欢的方式或者就是我惯用的方式，知道作者是女的，仅在五分钟前。

又要飞往清迈

沈浩波

给父亲准备的礼物很简单
两瓶洋河天之蓝
（我爸每顿都要喝点儿酒）
两条苏烟
（我爸烟不离口）
两盒上好的绿茶
（我爸爱喝浓茶）

给我妈带的礼物也很简单
几盒阿司匹林肠溶剂
（我妈常年头疼，得预防血栓）
几盒降压药
（我妈前几天测出了高血压）
几盒控制哮喘的药
（我妈咳嗽了几十年）

2019/03/05

伊沙点评：如果拿乒乓球选手来做比喻，沈浩波属于喜欢发力狠打型，我喜欢接他自然发力的球，但也没有想到他会打出一记不发力——借力打力回过去的球。本诗对他自己的创作非常重要，既是另一种武器，又是更高的境界，同时它是对平民主义诗歌的最好演绎：一个经济上的富人自自然然地关爱孝敬父母，流露出最为本色的平民主义。

天再冷也冻不死天意

潘洗尘

天再冷
也冻不死天意

这是我撂给今年的话
明年我还会这么说

即便有一天
我也被冻死了
再也说不出口

那也是——
天意

2018/12/31

伊沙点评：潘洗尘在多首诗中表达过对东北的诅咒、对云南的热爱，本诗一个“冻”字泄露天机：咱的诗跟亚热带的彩云之南没有半毛钱关系，咱还是冰天雪地冻出来的一条东北汉子，不论鲁迅还是老舍，都讲过最重要的是动词，本诗显示：于诗同理。

我的生辰八字

王有尾

朋友算命
要问生辰八字
我记不得
便给大姐打电话
她正在一台
电锯前锯木头
说记不得了
大哥应该记得
我便给大哥
打电话
大哥正在河边
鼓捣水泵
他说该问二哥
咱家就他记性好
不过现在
他正在去越南的
飞机上
他要去胡志明市
弄一个砖窑厂
还问我
要不要他回家
问问母亲
我说不用了
今年春节回家

我和患阿尔茨海默综合症的母亲住一屋
已经问了
但她早已忘了
还搪塞我
说不是早上
就是晚上

2019/03/26

伊沙点评：酒鬼王有尾几乎每一轮都是长安诗歌节同仁中最后一个“订货”，而且绝不多订，这是否与酒精在大脑中要残留六天的危害有关，我非医生不敢诊断。但好在他一入典质量就挺高，本诗也一样，横向比较可居“半月亚军”。在诗典中，生辰八字尚无人写，这是填补空白，又好在没有陷进去装神弄鬼，而是一刀横切过去，表现人的存在。

第二辑　父子像

儿子朝父亲的模样
一路长去
终于在未来的某一天
通过面部识别系统
刷开了他爸的手机

——袁源

风化

李柳杨

四千年的干尸
脆得像刚出炉的面包
拱起的脚背
——跳芭蕾的少女

前人的尸骨
失去气味儿的森林

伊沙点评：不知为什么，李柳杨的写作叫我不放心——小小年纪爱用大词，是一个可以肯定的因素。也许真相如斯：不在于用多大的词，而在于词与词间的连接润滑与否，本诗做得还不错。

包工头爸爸

李海泉

妈妈突然来电
让我去盯一下我爸
“他成天不回家
不知道在哪儿鬼混”
那天下午
我在我爸身后
跟了一段
转身把画的小本子
和录的视频
拿给躲在另一条街
车里的妈妈看
穿脏鞋子的爸爸
塑料袋提着脏衣服
在公园的长椅上
就着火腿
喝四五瓶苏打水
又睡一觉
把空瓶子带回了家

伊沙点评：李海泉先是听了我两年基础写作课与文学创作与批评课，然后赶上了新开的现代诗写作课，担任直播员与课代表，还担任西外诗人群群主，所以他在创作上每进一步也是我课上的成果。与此同时，他已成为“长安诗歌节”最年轻的同仁、《中国口语诗年鉴》90后编委，年轻诗人恐怕没有比他环境更好的了，当珍惜之，促成飞跃。拿本诗来说，经过我和几位同仁的多次意见，终于改到叫人舒服的样子，除了显而易见的好之外，本诗有趣。

父子像

袁源

儿子朝着父亲的模样
一路长去
终于在未来的某一天
通过面部识别系统
刷开了他爸的手机

伊沙点评：袁源的弱轮——推荐诗嘛，全说好话不好吗？为什么还要点出这是人家的弱轮？我既是诗歌编选家，也是诗歌批评家，严格说来，推荐语属于诗歌批评类文字，所以回到本诗，我喜欢诗人写新鲜事物，但别只是“碰词儿”，而是要写出事实的诗意，本诗做到了。

致母亲

林长芯

她不懂诗，也不知道我为何去石城
她总絮絮叨叨，丢三落四，
洗过的碗仍布满油渍。
我们倒掉剩饭剩菜，她总说：
造孽啊，太可惜了。
五十岁一过的她，
开始对我言听计从
病了吃药，累了就歇
有时又像个孩子，在我耳边絮絮叨叨
记得带衣服，还有牙刷捡了没
你喜欢的那本书呢
然后抱着一一说，跟爸爸说一路平安
我挥手。推门而出
到石城，我去买水
才在钱包里，
发现她塞进来的
透着酸菜味儿的零钱
和一个平安锁，晶莹剔透
如同一个人的眼泪

伊沙点评：在《新诗典》推荐的诗中，本诗算是比较传统的，出自90后诗人之手，让我稍感意外，它有两处让我心动：“她不懂诗，也不知道我为何去石城”的语感特别叫人舒服，“透着酸菜味儿的零钱”属于致命的细节。本主持在西安开往郑州的高铁上推荐。

2019.5.12

寒衣节

何婴

阴历十月一　半夜
十字路口仍有几个烧纸的火堆在
冷风中摇动
路过的一位老叟双膝跪地
弯下腰
就着那撮还没燃尽的火
点着了一根烟

伊沙点评：寒衣节这个题材，在《新诗典》中不是首次出现，但各有不同，一样精彩。本诗“事实的诗意”强大，画面感强、造型感强，有一种内在的酷。本主持郑州推荐。

飞翔

金一泽

我在天空中飞翔
一览下方的城市
非常惬意
忽然听到一声
喂　下来
你还没给体验钱

伊沙点评：《新诗典》诗人又发现了抄袭现象，重点在 00 后。诗坛之上，万恶抄为首，我劝抄袭者悬崖勒马、回头是岸。同时我也告诉那个揭发者：想阻止我推少年诗人，没门！这不,《新诗典》诗人王允助攻来三位，咱们依次推荐。

饼干

刘灵萱

白天
我吃了三块饼干
晚上
饼干开会
“今天
7 号，18 号，33 号
不幸
被巨人吃掉了”

伊沙点评：仍然是王允助攻的西安交大附中分校学生，仍然是 00 后。《新诗典》推人，在代际之间是平均用力的，哪一代显得突出，往往是对比产生的结果，00 后凸现，是此前的平台不给他们位置或另给他们位置所致。本诗具有童话色彩，同样一件事，换个角度叙述就变得很有意思。

红绿灯

曹敏焕

2019.5.13

我是红绿灯
有三只眼睛
还是三种不同颜色
但我只能
站在十字路口中间
生气时睁开红眼睛
高兴时睁开绿眼睛
睁开黄眼睛时间不长
我最喜欢电路出问题的时候
因为那时我的三只眼睛
可以同时睁开

伊沙点评：今天在学校上完现代诗写作课，回家途中，但见夏花盛开，从小区出墙，我忽然意识到：我对植物细节的观察力远不如小时候。是的，诗意在人类心中并非与日俱增。譬如本诗，好像成年人写不出来，其中蕴藏着我们终将失去的天真。还是来自王允老师的助攻，还是来自西安交大附中分校，他们的表现，让我对不以文科为主打的西安交大的印象都加分了。

早春二月

梅花驿

大妈跳完广场舞
纷纷钻进旁边的
烂尾楼工地
挖一塑料袋野菜
才各自回家

2019/03/23

伊沙点评：这次在郑州，欣慰地看到我在“典一”中指认的“河南第一诗人”“河南王”已经带动起了一批优秀的诗人，他在其故乡已经不再孤独，这是某种诗歌价值观与公平正义的胜利！我说的当然是本诗作者梅花驿。不要让诗寡淡如烩面，是另外一个问题。

鹅

里所

2019.5.18

它伸长脖子直刺前方
扇开翅膀
啸叫着在我身后追咬
我吓得大哭起来
白鹅冠顶的肉瘤饱满而肿胀
两粒机警的小眼睛
闪着执拗的光
像极了一架直升机与一条蛇的
混合体

父亲一脚踹飞了那鹅
拽起我的毛衣领子
把我拎到自行车上
“你知道鹅为什么敢
追比它大很多倍的人吗”
见我摇头
父亲说鹅的眼睛
像一个凸透镜
它看到的一切事物
都变得很小很小
它才总有巨大的自信

多年后我想起这场对话
眼见父亲种种集勇气

自负于一身的时刻
眼见他经受的每一次挫败
我终于知道了
父亲就是那只鹅

2018

伊沙点评：随着现代诗写作课的开设，西外的诗人队伍在短时间内人数翻番，我想对已经成名的西外老诗人来说，是动力与压力并存的。压力在于你必须做大，必须出领军人物！我注意到里所延续着近两年来的好状态，她默默而坚定地将自己在中国女诗人中的排位不断向前提。此次郑州诗会，她也表现亮眼，一场进入前五，本诗可在5月下半月的推荐诗中居亚军。

喝江河

虎子

每次喝酒
他不说喝酒
说喝江河
喝茅台他说
喝了这杯赤水河
喝五粮液他说
喝了这杯岷江
喝汾酒他说
喝了这杯汾河
喝西凤他说
喝了这杯雍水河
不知道产地的酒
北方的，他说
喝了这杯黄河
南方的，他说
喝了这杯长江
只有喝家乡的酒
他不说喝湍河
他说，干

2018/08/29

伊沙点评：虎子是中原诗会的大黑马，一场夺冠，一场进决赛。本诗是其夺冠之作，也是5月下半月的“半月冠军”。它的出现提醒我们，口语诗是可以有豪情的，也别忘记激情。诗的形式再变，诗和诗人的本质不变。

2019.5.20

我见过世上最疼的目光

王清让

是我大学同学闵智慧
新学期开学不到三个月得了精神病
白天见谁给谁下跪
晚上撕作业本叠元宝在床头烧
其父亲听到消息放下锄头从大山里
坐一天一夜的汽车火车汽车赶到学校 206 寝室
第一眼看到儿子的那种目光……

伊沙点评：王清让是个“轴人”：自己是个苦情派，拜的佛是耍词派的轩辕轼轲，他说沈浩波是个好诗人，因为轩辕说沈是好诗人，听着比较雷人。幸好我不听其言，只观其诗。或者也许哪天他不“轴”了，反而写不出好诗了。此次中原诗会，他进入首场三甲，本诗便是其季军作品。

摔杯为号

冈居木

2019.5.21

18 路公交车行驶中
我在酣睡
没有人理我
不知谁失手
摔碎了一个水杯
把我从梦里
惊醒——
“德州监狱”到了

伊沙点评：冈居木的弱轮，他目前在同行中的信誉却鹊起，我是在现代诗写作课的课堂上讲解其诗时，再一次发现了他的实力。对一个诗人来说，声誉与现状会出现时间上的错位，没有《新诗典》时看得比较粗，一个诗人的创作已经死翘翘了却能获得荣誉，有了《新诗典》就有了显微镜，可以对诗人发出预警信号。

两套班委

张敬成

期中考试结束
他的班又排在前头
学校让他
上台做经验介绍
他说再有几年
就退休了
也没有多少经验可说
最重要的一条
是
班内要有两套班委
一套在明处
一套在暗处

我旁边一位
刚参加工作不久
还未结婚的女教师
看看我
小声说了一句
“原来是这么干的啊”

2019

伊沙点评：这是一首叫人哭笑不得又心领神会的诗，是一首一针见血、四两拨千斤，对中国文化的批判诗。作者是个中学教师，真是证明了《文学概论》的基本原理：熟悉的生活出好诗。此次中原诗会，“中原诗歌节”同仁表现出了整体的强悍。

苦钱

原音

这是我的云南工人
和我聊天时
随口说的
他说
过了年
家里老人就会问
你们今年
去哪里
苦钱
最惨的就是
年底回到家
对父母说
今年
苦不到钱

2019/05/07

伊沙点评：从今天起，一连三天，我要向大家推荐《新诗典》有史以来第二例“全家皆诗人”的家庭——苏州王家。首先是身为丈夫和父亲的原音先生。本诗又在打“没有口语诗，只有普通话写作”这种歪理邪说的脸，一句云南方言支撑起全诗，属于教案级别的佳作。

2019.5.24

壮壮

紫伊

在老家
他和我一样大
两岁时被人贩子拐来
普通话流畅
眼睛有神的他
现在像少年闰土的脸
长了一双老年闰土的眼
张口就用河南话骂人
我按辈分管他叫叔叔
他也上六年级
爸爸说
他来的时候
我那没有儿子的
自家大爷
举行了隆重的仪式
街坊邻居来送礼
爸爸送了三十块钱
礼金
我问爸爸
为什么是三十块钱
而不是报警

2019/02/06

伊沙点评：《新诗典》推荐的第二个“全家皆诗人”的家庭——苏州王家。女儿叫紫伊，是个00后，已经3.0，在去年秋天的“首届江南诗会”上表现突出，夺过一战季军，此次中原诗会也同样优秀，进过一场前五。看本诗，孩子的正常思维像在革命，代表希望！

习惯

毛姐

工地停电一天
二蛋和工友相约去逛商场
一路上二蛋一直嘀咕
怎么感觉忘了点儿啥
摸摸口袋
手机在，钱包也在
手足无措地摸摸脑袋
啊，安全帽忘戴了

2018/11/02

伊沙点评：《新诗典》推荐的第二个“全家皆诗人”的家庭——苏州王家。妻子兼母亲叫毛姐，初次入典。“首届江南诗会”后，她的丈夫原音曾将本诗助攻给我，我未选，此次中原诗会上听她亲自读，我当场“订货”——将此内情披露，说明我不是神，也不是机器，关键是我无意神话自己，那《新诗典》只会一路好下去了。

无题

紫花地丁

老张坐在大门口
和一群人谈论着
倪萍主持的《等着我》
不能看这节目
可恶的人贩子
更可恶的是那些买方
自以为多么善良
那些被买的孩子还报恩
报个屁
一群人只顾听着谁也不说话
谁也没告诉老张
他也是被父母买来的

2019/01/07

伊沙点评：豫军之女将，大有潜力可挖。此次中原诗会，豫军表现出一种整体的强悍，让人欣喜，也叫人痛惜：以往豫军，并非无良将在，但很容易出现价值观的摇摆，希望在于自身独立——这便是中原诗歌节存在的价值和意义。在本典既往八年中有过阶段性绽放的甘肃、广西等军团，无不如此，心神不定，盛衰转瞬！

草随风

周晋凯

原来是一块平地
后来村里人用炸药
炸出了一口池塘
再后来又用推土机
推成了平地
中间间隔了二十年
又过了二十年
平地上盖起了一栋高楼
这些都不重要
我想说的是那个地方
在作为池塘的时候
我童年的一个小伙伴
把命留在了那里

2019/03/22

伊沙点评：周晋凯的 2.0，他的 1.0 推荐于 2013 年 6 月，将近 6 年过去了，应该是《新诗典》从 1.0 到 2.0 耗时最长纪录，全球中文诗歌实力榜上清清楚楚记载着，反映的不仅是实力，是这个人的全部！本诗是时间与空间交织而成的缩影。

四月十六日

姜倩

沿海文艺少女写大海
内蒙威武壮汉写草原
江南温柔的可人儿写小桥流水
西域伶仃的大丈夫写大漠孤烟
怪异的是
北京时间二〇一九年四月十六日
一个陕北的女子
写道:
巴黎圣母院着火了

伊沙点评：现代诗写作课继续上着，继续收获着，到本诗作者姜倩，实现了全年级三个班都涌现了《新诗典》诗人的平衡。本诗属于后现代之解构主义，不是微言大义而是微词自嘲。在课堂上念时，她特别强调，是陕北话的着（zhuō）火，不是普通话的着（zháo）火，无意间又打了“没有口语诗，只有普通话写作”论者的脸。

无题

白婧妤

2019.5.29

淅沥沥的雨滴
带落树枝顶端的落叶
就像一个姑娘与情人私奔
还没走远
马车就被摔得四分五裂

伊沙点评：妙喻成诗，属于修辞写作的范畴。白婧妤是现代诗写作课的第八位入典诗人。我对他们有一点特别满意：他们不是一种风格，更不都是伊沙的风格，而是呈现出多种风格，拥有丰富的可能性。

闹

李依琳

农村入赘的上门女婿
在自己的婚礼上
被套了婚纱，描眉画眼的
推到太阳底下
啤酒肚的中年男人
不满意
要给他胸前塞上馒头
还要挽起裙摆下的裤脚
露出毛茸茸的粗壮小腿
并且说
这样才性感

伊沙点评：李依琳是现代诗写作课的第九位入典诗人。以我的经验，校园诗人，谁越早摆脱学生腔，谁越早接地气，谁就越有希望。本诗写的是中国人见惯不惊的闹婚场面，但这远远不是最惨的。

幼儿园接孩子的队伍

康靖

很长
似乎一直绵延到月亮

我在队尾
看前面蜿蜒蠕动
熙熙攘攘

终于接近园门
一只猫从幼儿园的栅栏里
穿行出来

它神情淡漠
快速离开
后面还有一只小猫跟着

伊沙点评：本诗来自诗人袁源的助攻，他在其单位西安交大附中的师生中发起了写口语诗的活动，这便是收获。本诗属于情境诗，我这个“事实的诗意”的倡导者也不会忽略，《新诗典》海纳百川。本主持陕西商南推荐。

钟

海菁

我画了一口
钟
它每天都
报时
连隔壁
的人家都
听得见

伊沙点评：六一国际儿童节到了，我想世界上没有比读一首儿童的诗更好的庆祝儿童节的方式了！读孩子的诗，就是倾听孩子的心声，了解孩子的思维，他们天然属于诗！海菁小朋友这一首，很经典。

2019.6.2

表哥

江睿

表哥的爸爸
早早就去世了
表哥很不乖
不爱学习
爱打游戏
我想表哥
心里是悲伤的
我常常陪着他
我们都不说话

伊沙点评：世上没有不透风的墙，同行们开始议论 00 后出现的个别抄袭现象，我从多人口中听到相同的一句话：江睿不会抄，因为她写的是自己的生活——对此判断我完全同意，还想申发一句：她写别人并不羡慕的东西，到哪里去抄？本诗又是证明。这是她最后一个儿童节吧？节日快乐！

下笔如有鬼

游若昕

老师经常让我们
背满分作文
有时候
写作文
写着写着
纸上就会
突然冒出
别人的
句子

2019/02/06

伊沙点评：游若昕第一次不过儿童节。我把对一位专盯《新诗典》抄袭者的人说的话，当作今天的推荐语："如果你能发现小游抄袭，就算你有本事！"

病房外记 1

湘莲子

受邀赴某市
参加一位老病人的九十寿宴之后
刚准备休息
有人敲门送来一大束鲜花
对我说：欢迎肖市长亲临本市
我蒙了
我姓肖
但我不是你们的市长
您是东莞的市长
刚才 C 秘书介绍过您

哦
原来
宴会上老病人的秘书说我
是东莞的护士长
被他听成了
东莞的副市长

2019/05/16

伊沙点评：本诗技巧简单，误听形成的原因也并不复杂，但读起来就是忍俊不禁，就是感染力大，就是讽刺性强，这就叫效果好。在一首诗中，如何制造好的效果，属于诗的分内之事，本诗在 6 月上半月中可居“半月亚军”。

能婊子

蛮蛮

这是一位陕北老人
满眼慈爱地夸赞自己
一岁多的重孙女
聪明乖巧
用的词
惊呆我了

伊沙点评：6 月上半月“半月冠军”之作，我所读过的书写陕北的最佳诗作——这是语言的奇迹！面对这首顶级杰作，陕北及陕北籍诗人当有压力，90 后及年轻诗人当有压力，“西外诗歌军团”应当感到无尚光荣，应当更有雄心壮志地去创造、去挑战！

第三辑　鸡，诗意地栖居

一位抒情诗人
来到蒙山
看见树上蹲着一群鸡
忍不住赞叹
“鸡，诗意地栖居”
路过的当地人说
“都是让黄鼠狼子给撵的”

——轩辕轼轲

2019.6.7

缘分与命运

刘天雨

鄂尔多斯诗会期间
我和李岩、邢昊、西娃
站在酒店门外吸烟
西娃聊起了她的西班牙男友
讲他们传奇般的
相遇、相识、相知、相爱
我们感叹
真是缘分啊
西娃说
英语里没有“缘分”这个词
他们说“命运”

伊沙点评：这无须任何机构的认证，来自我们伟大的文化传统：端午节即事实上的中国诗人节！中国诗人都会自觉地过此节，诗人的亲人们应该在这一天的早上对家中光荣的诗人道一声：节日快乐！值此诗人节，推荐一首诗人写诗人的诗，对迄今996位《新诗典》诗人道一声：节日快乐！

梦

东岳

梦到自己在审理
中国最大的一起
刑事案件
那人的脸面模糊
看不清男女
只有好多钱
好多条命
在梦里
如红色的雪花飞舞

伊沙点评：本主持于前不久商南行中又有新创见：以诗为拼块儿，看能否拼成个人形。昨日推荐之刘天雨，今日推荐之东岳，都是能拼成鲜明人形者，分别是《新诗典》中的警察诗人与法官诗人。本诗便是一个法官的梦、诗人的梦、人做的梦、有梦味的梦。

妈妈

常遇春

小时候
回家晚
惹妈妈生气后
吃面条
发出的
吸溜声
会让她
几分钟内
自动消气

伊沙点评：口语诗除了比语言，就是比创意，书面语诗为什么没有后者的感觉？也不是真在比语言，更像是语文考试。不讲创意的玩意难道直通创造？想想吧，多想想就觉悟了。本诗在郑州诗会上一读，不用我说，好多人都喊“订货”，因为有创意，而这创意不是凭空硬想出来的，而是来自个人生活，是很多人拥有却没有写出的经验。

想给女儿找个妈了

赵克强

爸爸
我把床单弄脏了
帮我换一下
家里还有卫生巾没有
给我拿条小内裤
爸爸，我的肚子
好痛啊
一大早听到女儿吆喝
我才意识到
十二岁的女儿
已经长大了
我虽然是父亲
但做这些事
还真有点
手足无措

伊沙点评：《新诗典》一年三轮，每一轮中一个作者只有一次推荐机会的游戏规则，表明了本典的价值观：不欣赏暴发户，强调专业性、日常性、稳定性与职业态度。后来者，不可能找补从前，只能够守住未来，在过去四轮中，一年多以前才首次入典的赵克强堪称模范。

2019.6.12

春风本无意

张晓茜

一名环卫工人
双手杵着扫把
对着一堆刚扫拢
又随风四散的枯叶
大声念叨
去吧，去吧
跟着风去吧
仿佛那些树叶
是他
随时准备
私奔的女儿

伊沙点评：又见“私奔”，这回是“私奔的女儿”，在“一名环卫工人”眼中！这叫新瓶装旧酒，叫人眼前为之一亮！作者为自由来稿中发现的云南95后女诗人。

销售员

胡泊

上世纪八十年代
我做手表厂的销售员
一个人去西宁
喝了七杯酒（一杯二两）
为单位要来七万元
如果电汇
单位要花许多钱
打电话也要花自己许多钱
于是决定自己带回去
三天三夜未合眼
钱就挂在火车
座位上方的挂钩上
连人带钱顺利回津
本想能得到奖励
没想到只得到一句话
你不要命了

伊沙点评：典型的后口语诗，一股浓郁的生活气息扑面而来，一种复杂的人生滋味让人咀嚼，一个生动的人物形象令人过目难忘，一个时代特有的质地伸手可触，这才是基本而又本质的真功夫的写作！

2019.6

挖宝

王学科

有人无意中挖到一尊黄金佛塔
于是有人开始效仿
夜以继日
终于挖到一支白银烟斗
挖宝的队伍逐渐壮大
两个小伙伴挖到一杆步枪
在争夺的时候
不慎走火

伊沙点评：从普希金诗歌奖章的滥发，可以看出外国人也在参与我们的诗歌腐败，或者说他们本来就有腐败的部分。今后，我们要敢于对外国人说“不”，譬如说中国诗人不懂幽默者，这个现象已经因后口语诗的普及而大大改变了，首倡幽默、希望，以幽默重建国民性格的林语堂先生在天之灵应当感到欣慰！不了解这一点，就是中国当代诗的外行。本诗让我快乐，这就够了，还要什么？

半颗桃子

王一渊

2019.6.15

火在烧云
留在天边的一只眼睛
大地也寂寞
从前睡觉时外婆念的童谣
把好吃的都留给毛毛

伊沙点评：王一渊是现代诗写作班里涌现的第十一位《新诗典》诗人，是《新世纪诗典》有史以来推荐的第一千位诗人，将这大节点留给诗歌班既是尊重这四个月来创造的奇迹，也是为了日后的回忆更美。以本诗为例，大家是否注意到，写作班的同学语言基本功都很扎实，语文基础都较好，因为他们的基础写作课也是我教的，后来还教过他们文学创作与批评，他们是我三门课一条龙带过来的第一届学生，是西安外国语大学中文学院出产的精品。

送别

唐欣

送别父亲　走在最前面
作为儿子　他捧着盛放
香灰的瓦罐　在大门口
他需要高举起来摔碎
永远的笨蛋　即使此刻
也不例外　任务是完成了
但香灰也撒在了他的头上
还有身上　他注意到姐姐
和妹妹的表情变化　他知道
如果　父亲睁眼看到这一幕
多半也会露出　熟悉的微笑

2019/05

伊沙点评：我以往统计过，《新世纪诗典》最出好诗的两大题材是父亲与清明，这一次适逢有三首写父亲的诗在半月之内入典，我们索性集中起来摆个擂台，希望有人挑战，需要从未入典者公开用诗挑战，只要战胜三首之一，便可入典。我们的擂主是满额诗人唐欣，本诗是“文碧峰国际诗会”亚军作品、6 月下半月冠军作品、一首杰作——写父亲的上品之作。

新词

朱帆帆

早上打电话　无人接听
晚上接到回电
电话那头传来父亲的声音
我问起不接电话的缘由
他说忙着下芽子
我一愣
他说就是把种子种好
铺上薄膜
挂完电话
我便在朋友圈分享了这个新词

伊沙点评：《新诗典》于父亲节以父亲为题设擂，昨日推出擂主唐欣杰作，24 小时过去，公开挑战者中尚未有人胜出而入典。好，我们自降一档，推出副擂主朱帆帆同学——乃现代诗写作班的学生，其诗别开生面，如此写父亲绝妙至极。她这个副擂主，完全是靠本诗争到的，想胜她恐怕也不容易。

2019.6.18

怀念

葛平

父亲走了整整十年
每年清明
母亲一见我准备祭品
就用四川山西普通话说
“你个龟儿子老子
把我从四川拐到山西来
他倒好，一个子享清福去了
我才不惜戚他噻！”
说着，就从衣兜里掏出
天蓝格子手帕
擦了擦嘴角
那手帕
是父亲生前用过的
十年来
母亲一直把它带在身上

2019/05/23

伊沙点评：父亲节以父亲为题，本典继续设擂，如果说擂主唐欣功夫深厚、太过老辣，副擂主朱帆帆剑走偏锋、太过刁钻，那么本典所派第三将葛平女士则中规中矩、中正平和，当会有人越过这个高度。在选“新人”时选出一位 50 后女诗人，我是欣慰的，对《新世纪诗典》的信任就是同行对伊沙的信任，这是任谁再怎么污蔑也阻挡不了反而越来越汹涌的洪流。

2019.9.19

黄金时代

马非

在凉山
一个第三代诗人对我说：
“上世纪 80 年代
真是诗歌的黄金时代
四海之内皆兄弟
不管你写什么诗
即便身无分文
只要长着腿
走到哪里都是
好吃好喝好招待
而今不行了
帮派林立
相互为敌
别说蹭吃蹭喝
道不同者见面
不给你吃一顿老拳
就算客气的”
“你说得都对
就是结论错了
那是诗人的黄金时代
不是诗歌的

诗歌的黄金时代
现在才刚刚开始”
我如是回应
但未做解释

伊沙点评：《新诗典》评价体系已经相当稳定、成熟：满额诗人，如果得到了现场奖，必为其强轮，反之是其弱轮。马非长安—商南行，“订货”但未摘奖，转战西昌，稍微见长，但未逆袭，便是本诗。与第三代诗人对话，以前还能撞出个火花，如今连对都显得不高级——我又犯直男的毛病喽！

白云人家

李勋阳

我上厕所时
才看到
这架飞机后端的
空乘人员的休息仓两边
也贴了春联
“脚踏日月冲云天
手握乾坤走世界”
横批是
“春回大地”
空姐和乘务员
出入其间
俨然一户小口之家
我去上厕所
他们满脸堆笑
就像我上他们家借厕所
一般

伊沙点评：由于蒋涛起步晚，所以李勋阳是“西外诗歌军团”真正的老大哥。现在这个军团眼看着日益壮大，李勋阳的压力来了，小可本是偏将之才，现在命运需要他做主将，优势也还是有的——那便是个性与专注，现在要将优势转化为作品中的强势，看他敢不敢、能不能？

2019.6.21

问路

笨笨 .S.K

医院门诊大厅
走着一对男女
女人问男人
人流室在哪里
男人回答说
随大流
女人说
这里又不是火车站

2019/05/30

伊沙点评：这是《新世纪诗典》自 2011 年 4 月 5 日创办迄今 3000 天来推荐的第 3000 首诗（一日无空），只有我知道：其中某一年是 366 天！本诗的质量——6 月下半月亚军，以及我的工作失误：“长安诗歌节”三奖颁奖朗诵会上，我高声宣布它被“订货”却又在宣布决赛名单时遗漏了该诗作者——那好，就用 3000 首超大节点的隆重位置来弥补！

震感

杨艳

台湾又地震了
宁德有震感
我是看朋友圈才知道的
最强的震感来自
一个在坐月子的新晋妈妈
她的儿子被震得吐奶了

2019/04/18

伊沙点评：人到江油，又见故土，我这个成都之子心疼：又地震了！刚好有一地震诗推荐，除此之外，我还能做什么呢？在天府之国的地表，在不适合人居的地心，是天底下最勇敢、最乐观、最虚无的盛产大诗人的吾乡吾民！本主持四川江油推荐。

陈娘

图雅

1962 年
她在母亲的子宫里
待了七个月
来到人间
体重只有二斤九两
母亲问军医
能活吗
军医回答
大脑正常
四肢健全
母亲松了一口气
哦，只要能为人民服务
就行

2019/04/08

伊沙点评：好诗！一个人的出生，一个国家的断代史，一个民族的苦难史。诗，就是以小见大，本诗堪称典范。本主持四川江油李白纪念馆推荐。

玩儿

莲心儿

每次开轮椅遇见小孩子
他们都目不转睛地盯着我
听到他们说
那个姐姐的车真好玩儿
有的小孩还说
我也想坐那个车玩儿

他们旁边的大人说
不听话闯祸受伤不能走路了才坐那个车
还好玩儿呢
你想坐那个车那就永远去不了游乐园了

2018/04/10

伊沙点评： 说出真相是诗歌的天职，不论这真相有多么残酷，敢于将真相引向自身，勇气可嘉！本主持四川北川推荐。

2019.6.25

你的诗

阿煜

我在展台陈列了
阿米亥、奥登、阿赫玛托娃
狄金森、斯特兰德
里尔克、佩索阿、赛克斯顿
的诗集
作为一名书店店员和诗人
我清楚知道
这类东西没有多少人读
但还是摆放在了 C 位
第二天休息
晚上对班文学区的同事
发来一条事务交接
“为了今天多卖几本书
把你的诗全都调走了”

2019/05

伊沙点评：前几年，在题材的意义，我不主张诗人只能写其职业所涉及的内容；这两年，从诗人形象的营建之拼图上，我又强调职业视角以及杀手锏不可或缺。本诗就是一位书店店员的视角，阿煜作为一位店员诗人的形象慢慢清晰起来。

平等对待

张孝链

2019.9.27

高台上站着八个女生
穿着泳衣
漂亮地扯着嗓子说害怕
长相一般的扯着泳衣说恐怖
不过管你黑白美丑
高矮胖瘦
只要一躺下做好准备姿势
都会被水上滑梯的工作人员一脚踹下
一个不落

伊沙点评： 本诗把我读笑了，我当年学游泳就是这么被游泳教练一脚踹下去的，看来 60 后的少年与 90 后的少女在这个经历上是一样的。时代变了，游泳教练没变，消亡与新生，变与不变，都是有表现价值的。本诗作者是现代诗写作课涌现的第十三位《新诗典》诗人，这还没完呢，还不到总结这一集体井喷现象的时候。

菊正宗独白

陶懿

酒架上摆满了啤酒瓶子
每一个瓶子外挂着一串名牌
每一个名牌都是一瓶喝完的酒
都是一些故事
存在过的证明
有的挂着黑布写上悼词
“最后一瓶啦”

伊沙点评：自由在上，这事儿我不该非议，但又不吐不快：第二轮“订货”后作者决定易名，造成诗卡与小档案不统一，这就是我在江油说的“游击作风”。民间不是游击队，而是最正牌的正规军。更有甚者，投稿无署名，这样的稿子，即使好，我也不敢选。生活情调可为诗否？当然可为，本诗便是回答。

苹果

唐吉民

别人给了六奶奶两个苹果
她舍不得吃
说要留给在学校寄宿的孙子李双全
初中生李双全的父母在广东打工五年了
每年只有过年的时候才回来

一连好几天六奶奶家的大门紧闭
村里人感觉不祥
赶紧破门而入
只见六奶奶直挺挺
躺在老式架子床上全身冰凉

那两只摆放在桌子上的苹果已落了灰尘
好像一对枯萎的眼睛失去了光芒
苹果上被老鼠咬过的几个缺口
一定是六奶奶留在人世间的遗憾吧

伊沙点评： 平实而又朴实的诗，娓娓道来却是一首抒情诗，最突出的优点在于不煽情：作者未做挤读者眼泪的事，读完却让人心里沉甸甸的。

憾事

温国

想今生
我没有请父亲
单独喝过酒

2019/06/13

伊沙点评：《新诗典》八年多了，还是第一次举办主题诗擂台赛（以父亲为题），有四位诗人攻擂成功，本诗是其中最好的一首。这样的活动，我们今后还要搞。就像足球比赛的最后一分钟，明智的踢法就是把球踢入对方禁区，给对手致命一击，对亡父最大的憾事是什么，只说一件，不想写好都难。

鸡，诗意地栖居

轩辕轼轲

一位抒情诗人
来到蒙山
看见树上蹲着一群鸡
忍不住赞叹
“鸡，诗意地栖居”
路过的当地人说
“都是让黄鼠狼子给撵的”

2018/11/06

伊沙点评：江油诗会，轩辕轼轲得了一个单场季军。但本诗单篇，却是 7 月上半月推荐诗的“半月冠军”，一首漂亮的解构之作。素来将解构当作破坏的中国庸人总以为它很容易，其实啥都容易，写好则难。缺乏幽默感的不好玩的诗人，你解构一个我看看，结果一定是精神病院的大夫疯了，病人替之看病！

老同志又传话了

江湖海

江湖海
某某某又说你了
还有某某
作为老领导也说你了
他们说
你晒女儿晒儿子晒老婆
说你除了
天天写不是诗的
口水诗
还瞎骂这个那个
我关心你
原原本本告诉你了
你自己看着办

2019/03

伊沙点评：在江油，与江湖海一起口头回顾了他在《新诗典》的荣誉史：从上魅力榜开始，然后依次是“李白诗歌奖”入围奖、铜诗奖、金诗奖，用了七年时间，专注、勤奋、有效、正派使然。本诗是网络的，太网络的！中国的，太中国的！人性的，太人性的！

横穿马路的民工

起子

2019.7.3

十几个民工
穿着工作服
有几个戴着安全帽
有几个没戴
五六个已经冲到了
中间的隔离带
四五个
还在路中间小跑
跑在最后的
个子矮小
看起来很狼狈
一边跑一边做着鬼脸
还有三四个
来不及跑
就被行驶的汽车
挡在了路边
他们冲
隔离带中的同伴
咧着嘴笑

2018/08/19

伊沙点评：沈浩波从世界三大诗歌节——“哥伦比亚麦德林国际诗歌节”前方传回的判断是：但凡在国内先锋诗歌比赛中大受国内同行欢迎的诗，在那边必受欢迎，我跟话道：当然——这属于我既有的经验。起子半年之内两场典会表现不佳，说明创作上遭遇了瓶颈。他目前似乎有点不知向何处去，随着自身荷尔蒙下降，狠劲已经不再，智性又不常有，那如何是好呢？总之，到了需要有大动作的关口。

失恋之旅

宋壮壮

来到江油
赵大爷见面就跟我喝酒
说恭喜你失恋
他说伊沙早就告诉他了
找老伴不要找女诗人
蒋雪峰过来说
不要听赵大爷的
他就是老油条
不过两个诗人
的确不容易在一起
她敏感
你也敏感
两个神仙
没办法在一起生活

2019/06/21

伊沙点评：在《新诗典》上结识并相恋，在国内国际典会上出双入对，在《新诗典》上分手并发表失恋诗——这是一种全新的现代诗人的男女关系，不信对比一下上个世纪的顾城悲剧。《新世纪诗典》对应的是 21 世纪现代文明。

第四辑　诗人写什么

伤疤可以写好久

伤疤好了还能写疤痕

而疼痛

就在此刻

——南人

雪地上

刘强

没有脚印是好的
开窗眺望，有几个脚印也是好的
一个人在没有脚印的雪地上
留下几个脚印，再回头张望
就是最好的了
人不要多，脚不要乱
从雪地上回来，坐在火塘边
说些牛的事、羊的事

雪越下越大

伊沙点评：六年来，“李白诗歌奖”在江油落户长大，成为事实上的中国诗坛第一奖。年年为颁奖礼朗诵会当义工的刘强头上的白发也越来越多，竟比我多，作为天生的纯诗诗人，其诗如老酒，起酿越醇厚，到本诗已达极佳！

遭遇

苇欢

去年在墨尔本访学
一位澳洲人携夫人
盛情款待了我
他是一位博士
兼任某期刊主编
驱车前往饭店的路上
我告诉他
给外刊投稿屡次遭拒的经历
让我一度怀疑
自己的笔
“不，不，不
亲爱的，”
他一边开车
一边扭头对我说
“你的东西没问题
有问题的是他们
我女儿是个大提琴手
在这么大一个国家
投曲子
他们也看不上
她和你一样
满世界投稿”

伊沙点评：“口语诗是世界观”是西毒何殇说的，但这个意思我更早以前在《有话要说》中另有表达，在学术发明权的问题上我一向比较较真。前几日看见一位女诗人把我“才华是明晃晃的”之名言放到别人头上，我认为不是记忆问题而是人格问题，口语诗不但是世界观，还是认识论，也就是说，如果不是口语诗人，苇欢根本就认识不到西方的文化体制与我们一样平庸、僵化，即便感觉到了，也不敢确信，更不敢写出来。本诗不光好，而且重要，是 7 月上半月的“半月亚军”。

无名草

李曼祺

世界上最珍贵的草
是无名草
因为它没有名字

2018/08/25

伊沙点评：李曼祺是《新诗典》第二位10后诗人、诗人艾蒿的女儿，是我看着长大的孩子。多年以前，她旁听过一场“长安诗歌节”。这是一首漂亮的废话诗。废话诗，似乎孩子写得更干净而好，因为他们没有图谋。

父爱如山

荒目

那个夜晚
他上初中的儿子
唯一的儿子
偷偷从家中跑出去
死于一场非命
一夜之间
他的头发全白
临终前
他嘴里不停念叨的是——
我这辈子做的
唯一正确的事
就是
把儿子
从大街上
喊了回来
喊了回来
喊了回来
……

2019/06/16

伊沙点评：说件事，说的是人：荒目是天津跨年葵典诗会的场地提供者，在诗会现场却没有“订上货”，换了别人，就会灵活一下、将就一下，但我从来不会，所谓“爱得罪人”也就是如此吧。而这一次刚好遇到君子，他不急不恼，不慌不忙，一直在我朋友圈里写着、玩着，这次《新诗典》首次搞擂台赛（主题：父亲），他积极参加，一举攻擂成功，自己打上来了！这是一个君子遇上君子的故事。

父亲

叶慧敏

那个长发的诗人
总是奇装异服
目光呆滞地
站在学校门口和夜晚的体育场
学生们躲得远远的说他
是疯子和变态
散步时我把他指给父亲
我的父亲却对我说
我觉得他像迈克尔·杰克逊

伊沙点评：本诗作者叶慧敏是现代诗写作班里入选的第十四位《新诗典》诗人。有目共睹，一个学期下来，四个月之内，他们一下子写洋气了、现代了，我不知他们自己放假回家如何总结，但有一点我希望他们能认识到：离开了形式革新，这一切改变都不会发生。本诗如果没有变形为口语诗，长发诗人进不来，相应场景进不来，迈克尔·杰克逊进不来，父亲不会张口说话。

一千块

梁丹

上课的时候
爸突然在家庭群发起了红包
一个
两个
三个
四个
五个

接着他说
医保报销了
去给你买点吃的吧

伊沙点评：什么是中国的诗？这就是！有人以为中国的诗就是找一些中国传统文化元素硬塞进去，那样真是太浅薄了！中国的诗就是表现中国人特有的情感，并且用中国当下文化中特定的方式来表现的诗。作者来自西安外国语大学中文学院现代诗写作班，是该班第十五位《新诗典》诗人。

父亲

张才模

卫生站的针不打了
为证明他的病已好
掰了几背包谷回来
在地坝剥

2018/08/26

伊沙点评：张才模是 00 后小诗人张翼的父亲。孩子先入典，父母后入典，在《新诗典》见惯不惊，不算新闻，传为佳话，父母也不会有怨言。本诗是本典首次擂台赛攻擂成功之作，一首写父亲的好诗。本主持上海至苏州途中推荐。

秋

陈同枫

进入一片玉米田
父亲满眼丰收的景象
深入玉米地
父亲朝拜了祖先的坟茔
苦难由来已久
幸福由来已久

一个人　一块土地　一片庄稼
雨还未来　趁阳光正好
父亲两手攥住车把
把拉带背到肩上
或有人　在身后推一把车
或无人　阳光推您

走在这卑微的乡道
弯一弯腰　您就是秋
走在这高贵的乡道
昂一昂首　看看天空

伊沙点评：如果大家身处“江南诗歌节”的现场，便会知道我是多么急切地呼唤好的抒情诗，要多好才算好，本诗便是回答。这是从以父为名的擂台赛上打上来的好诗，既土又洋，荡气回肠，如此之抒情诗，我怎会拒绝？本主持苏州推荐。

梅花

绿鱼

我爸爱喝酒，尤其爱喝啤酒
他以前喝啤酒时
都是直接用大牙咬开
具体做法是
把啤酒瓶口塞到嘴里
利用杠杆的巧劲，啪！
一枚盖子便滚落在地

要是我肯用点心
收集
他喝过的啤酒的盖儿
并把它们一一摁在地上
如今，那得是多么大的
一片梅花啊

2016/12/07

伊沙点评：此前，我约过绿鱼十首，没选出来；在磨铁读诗会，当面听他读，也未选。他却待我始终如一，每次推荐诗必有我的，这是真君子。我终于等来了他的好诗，特别好，好在这一片梅花！

南山竹

摆丢

挖冬笋时
遇到一截竹子
刻有两行字——
木江　打短命的
你死到哪里

2019/03/19

伊沙点评：7 月下半月推荐诗中的冠军，年度冠军强有力的争夺者。当同年龄段的诗人靠“想”已经不大灵光时，摆丢回到了他特有的民族文化的底子里去挖，这一挖不得了。一个诗人要有自己的密室。

诗人写什么

南人

伤疤可以写好久
伤疤好了还能写疤痕

而疼痛
就在此刻

2019/06/23

伊沙点评：取道北京赴俄罗斯，在京逗留两日刚巧推荐两位北京诗人：今天是南人。近来我在诗会现场，时常将过去一个学期在现代诗写作课上讲评的好印象代入评语，南人亦在此列。本诗也很经典，是耐品而可讲的诗。本主持北京推荐。

案犯

石蛋蛋

天呐
九千九百九十九级龙卷风
拎起地球
去
自首

2019/07/06

伊沙点评：我还在北京，在我家族的福地——北京师范大学一带逗留，继续推荐北京诗人。本诗令我一惊，深感意外，既不同于作者以往风格，又不同于后口语诗常态，有点儿像把浪漫主义的夸张手法单独提取出来。诗歌艺术就是这样，一方面要建树自己独特统一的风格，另一方面这个风格要有一定宽度和包容性，要不断创新，制造意外。

39

高歌

再三拒绝
前妻还是拎着蛋糕
来给我过生日
蛋糕上插着
一对翅膀
是祝我一飞冲天
还是插翅也难飞呢
许愿时
我咬了咬牙
还是默默祈祷
早日找到真爱
赶在 40 岁前再婚
前妻问
许的什么愿
我说
天佑中华
莫再重蹈
“文革”覆辙

伊沙点评：离婚或前妻成全了高歌几首好诗，有时候一首好诗的代价就是这么大。放在我们一行到达俄罗斯的第一天推荐，是因为高歌是出国行的马前卒，此次错失俄罗斯。本主持莫斯科推荐。

村民的恐惧

南地

一村干部
在上报材料时
擅自将村名“开花村”改为“开化村”

以后所有的上报材料、上级文件都写成“开化村”
村民说：“花都不让开了，这是要我们绝后呀！”
从此以后
所有的村民不敢说自己是“开化村”的

2018/05/31

伊沙点评： 记得余华曾说过：现在小说难写，现实太荒诞了。好在后口语诗不是虚构的艺术，可以保持与现实高度合一。本诗所写的荒诞，让人无言，但又十分真实。写小说之能写与不能写，唯后口语诗耳。本主持俄罗斯推荐。

写诗三十年记

柏君

靠写抒情诗
追上了老婆
靠写口语诗
追上了自己

2019/06/21

伊沙点评：真实！透彻！强大的事实的诗意，拒绝了所有的阐释，所以在此我也闭嘴，为它热烈鼓掌！本主持莫斯科推荐。

背

陆福祥

2019.7.22

用双肩包
背奶奶的骨坛
爬上
一千多米的晒古山
坐在羊齿草上
歇会儿
多像我儿时赖皮
不肯走路了
让她背
回家的样子

伊沙点评：《新诗典》诗人访俄团来到圣彼得堡，来到波罗的海海边，个个如有神助——他们是全体诗典人的缩影。本诗多么纯，又多么醇，一举灭掉多少无病呻吟的抒情诗！

文明的阻止

草屋

他刚伸出手
就听她说
打人是不文明的
打女人就更不文明了
他伸出的手
在空中停留了一下
然后使劲抽了自己
一个大嘴巴子

2019/07/05

伊沙点评：在俄罗斯访问的《新诗典》诗人中的一部分正在思考这样一个问题：诗在文明中的角色，以及该担的责任。我以为本诗表现的正是这个问题。本主持圣彼得堡推荐。

2019.7.25

香积寺外

高一宜

一条小路的草丛里
一个未着寸缕的塑料模特
残着半只胳膊　躺着
表情坚毅
仿佛只有夜晚
才能走进大殿
穿上衣服
休息

伊沙点评： 7月下半月亚军之作，出自新人，出自现代诗写作课学生之手，令我深感欣慰。回头看，能够在四个月的时间之内实现入典的同学，就好像一夜之间懂了很多事，不仅仅是文学，不仅仅是诗歌。本主持俄罗斯叶卡捷琳堡推荐。

2019.7.26

汉服

曹祎琰

学姐毕业旅行去京都
穿了一件和服拍照
把照片发到朋友圈
明艳动人
我想
如果我有一天去京都
一定要穿一件齐胸襦裙
拍照

伊沙点评：不是爱国主义，而是民族自觉，这就是新一代中国人，动静很小，表现的东西却很大。本主持刚刚访俄归来，收获颇丰，其中一条：俄国先贤似乎都是为民族而忧进而关怀了人类的。

爱心捐款

刘婷

在西安地铁上
我正戴着耳机听着音乐
突然
一张纸出现在我面前
上面写着
聋哑人爱心捐款
抬头
一个健壮的小伙子
指着二维码
看着我
我说了句抱歉
他走过
对着我竖起了中指

伊沙点评：先进的诗歌形式与相对成熟的世界观、人性观是挂钩的。不上我的课，你顶多到木心；上了我的课，就是现在这个样子。在中国，一名高校教师的教学成果从未像这次体现得这么直观，诗界内行人最能看得清。

2019.7.28

等

王亚静

天晴时丢了伞
第二天便下大雨
教学楼门口没伞的人
有的等伞来
有的等雨停
而我什么也不等

伊沙点评：别老说口语诗、现代诗，本诗放到抒情诗、传统诗堆里，难道不是好诗？看到学生通了诗艺，我自然乐在心中，教学起效果的前提是学生对老师的无限信任，感谢他们！

外教课

扈鑫

外教课上来了一位黑人外教
只见一排洁白的牙齿向我们走来
他非常热情地想和大家握手
旁座的同学都惊恐地缩着脖子
我腾地站了起来
和他自然地握了握手
微笑着说
你好
只留下一张张震惊的面孔
像极了万圣节的面具

伊沙点评：在我的印象中，扈鑫是这个年级的学生中字写得最好的。本诗写得真实刺目，无法承受现实之重的诗就不是诗，写出来说明懂得了，写出是最好的懂得。

纱裙

宋妮妮

对象说要给我一个惊喜
今天便收到了他送的裙子
舍友起哄让我穿上试试
套在身上
裙摆底下是一层长纱
像极了我的蚊帐

伊沙点评：教会学生书面上的任何技巧都是容易的，教会他们有情趣、有生趣几乎不可能，而对一个现代诗人来说，这又是不可缺少的。本诗之可贵正在于此。

斯卡斯

李云枫

2019.7.31

那一天，我们去斯卡斯
你站在路边为我们送行，你是那么悲伤
你将翅膀取下来，你说你再也不会飞了
你会一直留在这里，和这座城市一起，沉入海底

那一天，我们离开这里
我们缓慢飞到空中，看着你慢慢变小
和那座城市一起，在远方消失
那时我看到几条鱼从身边飞过
它们面孔诡异，穿着黑纱
它们说：“水是温和的生物”
我无法理解它们的语言，我和它们擦肩而过

那一天，我们去斯卡斯
我们说会离开三十天，在秋天结束时回到这里
你站在路边，你是那么悲伤
你说：斯卡斯，斯卡斯，那是一座并不存在的城市
我们一路上都在说，这是一个最可怕的笑话
我们都曾梦到过那座城市
宽广的街道，穿着白衣的树与沉默的天使

那一天，我们去斯卡斯
你站在路边说要和这座城市一起沉入海底
你说：斯卡斯，斯卡斯
那是一座从未存在的城市

伊沙点评：我记得李云枫2005年来过我在京举行的《无知者无耻》首发式朗诵会，再次见面便是本月在苏州举行的江南诗会，他是以“亚洲诗人奖·艺术奖”得主的身份出席本次诗会的，却一诗惊太湖，一举入本典。本诗忧伤下的神秘主义有其独特的魅力。

清明

了乏

囡囡的小坟头
长出一棵春笋
像天热时
她从被窝里
伸出来的小手
也像熟睡中
不经意露出被头的小脚
来扫墓的妈妈
摸了又摸
却无法
将它塞回去

2019/04/02

伊沙点评：在江南诗会上再次见到了乏，已经变成老百姓了，《新诗典》为你办一个退伍仪式：在八一建军节推荐。如此一来，本典的军旅诗人只剩杜思尚一个了。军旅诗人为诗不走先锋路，林中的鸟儿都能理解。本诗是本典第二能出好诗的大题材——清明——出的又一佳作，明年清明时我们再搞擂台赛。

圣彼得堡的早晨
——致阿赫玛托娃

张小云

呱呱呱呱
知道这是您笔下
焦炭似的乌鸦
在窗外将我唤醒
起床后拿手机充电
看着太阳慢慢升上来
电话也来了
堂哥告知九十岁的婶婶
离世的消息
跟侄女儿说好我这边
会安排助念和回向
同时嘱咐完善往生的注意事项
然后准备好今天
去向您敬礼的衣服
平静地接受
越过窗前的树梢
您那一缕
来亲吻我额头的阳光

2019/07/22

伊沙点评：实话实说，《新诗典》赛诗会式的现场诗赛评比始创于2014年的江油诗会，当时是受到湖南卫视《我是歌手》节目的启发，现如今已经成为中国民间诗会最重要的比赛。打那以后，不知诞生了多少位现场冠军，但若说最荣耀的一个，则是不久前俄罗斯国际系列诗会。圣彼得堡郊外科马罗沃乡村公墓阿赫玛托娃墓前的这一场冠军，它被与《新诗典》最合拍的第三代诗人张小云拿走了，本诗也是八月上半月的“半月冠军”。它好在哪里？前口语诗人写出了一首后口语诗的典范。写祭诗，抒情诗人也比口语诗人落后了。

无题

邢昊

我刚刚把
《布考斯基诗选》放好
动车里就突然广播

靠背后头的小桌板
是供您放报纸杂志
等较轻的东西用的
太沉的东西
请不要放到上面

伊沙点评：不论是昨日推荐的张小云，还是今日推荐的邢昊，都是60后的实力诗人，但似乎都没有得过像样的奖，诗坛欠他们的！等大内行掌握了权力，这有何难？“亚洲诗人奖”大奖伺候！一夜之间，得奖荒便被扫掉了。

好奇心

唐突

虽然我还没有看够
人世的风景
虽然我所看到的美
已经够多
但我还是想到
天堂去看看
去天堂太难了
我的好奇心
又想去地狱看看
究竟有多糟
这个念头害死人
一下子就到了地狱
糟得完全受不了
想从地狱里出来
比上天堂还难

2018/12/13

伊沙点评：我刚想说唐突兄比先前入典难了，便见他在其小档案中写道："27 岁开始写诗，现已写到 65 岁。虽敏捷度已下降，克服惯性的能力也弱了，但还想继续写下去！"我感到很欣慰，内行人谁不知道谁啊！衰老总会到来，衰老当然是诗歌之敌，怎样令其对诗的削弱降至最小，怎样做到对老年写作扬长避短，需要大智慧。为他的坚持鼓掌，"李白诗歌奖 · 特别奖"是最好的掌声。

上海老人与房

苏不归

路过妻子奶奶
半敞开门的房间
九旬的她又在哀叹
她总是坐在
房间里
用上海话
独自哀叹
这次我听懂了
——为什么不等我死了
再来抢房子
她的两个儿子
正为她住的这一间房
聘请律师
对簿公堂
老人的身体尚好
中气十足的声音
在房间内回荡
让人觉得
她还会活很久

2019/06/19

伊沙点评： 在《新诗典》中，本来苏不归是最擅长写国外的，随着典团外访积累起来，他的这个优势被削弱了，甚至已经不复存在，没有谁会永久性占领某类题材。与我同为球迷的他应该懂得：主场战绩不佳的队会怎样——能怎样？所以最终还是得把家看好，把家门口写好。

第五辑　一只龟发现了自己的灵魂

它不再挣扎
在饕餮般饱食一顿后
在七月盛夏的阳光里
让身体舒展
徜徉在奶与蜜的池水中
仿佛这是迦南之地的海滩边

——吴雨伦

2019.8.6

那年寒冬

白立

那年寒冬的某夜
刺骨的寒风
从破烂的墙缝
窜出来
她掖了掖孩子的被窝
抚摸着那瘦骨嶙峋的小手

晚上她的男人
推开破旧的门回来时
搓着冰凉的双手豪迈地说
刚才听收音机了吗
我们国家有原子弹了

女人即刻两眼放光
大声问道：咱们家能分几个吃

伊沙点评：白立在访俄团诗人笔下，变成了“公知白立”，亏不亏？我觉得不亏。他此次俄罗斯行在诗上的表现，可谓“低开高走”，在后三场中，在无“订货”的压力下，突然爆发，夺走一亚一季。本诗是其“亚军诗篇”，一首好诗，一首小史诗。

震后萝卜寨

蒋雪峰

十年后　变成两个寨子
旧寨已毁

新寨已成景区

在新寨　一个当地壮汉　把一头羊杀后
血星星点点　被拖成一条路　羊钉在墙上
慢慢剥皮　羊温驯地
看着他
一刀一刀　从头到脚
眼睛一直没闭上
壮汉叼着烟　不看羊
一个戴着玉镯的漂亮女人
在旁边指指点点

伊沙点评： 蒋雪峰是去年“李白诗歌奖·特别奖”得主，这一年来我注意到他开始收获其他奖项——说穿了是其他的评奖对诗歌质量缺乏判断能力，于是便跟风，造成好诗人旱死、坏诗人涝死的可悲局面。今年江油诗会后，一众诗人去了梓潼、北川两地参观，碰响了两大题材：原子弹与地震。有趣的是这次推荐的两位作者反倒没去，由此可见《新诗典》已经形成一个文化圈。

一幕

李振羽

1996 年婚后
我更加全身心
投入教育
眼看领导要来检查了
班上一个差生
才跑进教室拖地
我夺来家当
照屁股猛击
小家伙当即
人仰马翻
天黑下来
一个粗汉找上门
满脸胡茬
双眼圆睁
从身后抽出
一把明晃晃的匕首
说他反正下岗了
用老羊皮换羔子皮
妻子正给女儿喂奶
我见此情景
一下子服了软
从此以后
再也没动过粗

2019

伊沙点评：《新诗典》建立起来的一切并不像大家想的那样稳固，譬如曾经也算一支力量的陇军，已经星散，什么原因？对现代诗缺少笃信，又与现代诗不合拍。真不知发生了什么，现在再见甘肃作者，就像遇上了幸存者。本诗写得好，好在写出了生活与人生的况味。

伴

绿天

八十五岁的大权爷爷
长他一岁的老伴走了
白发陡增
他一个人在院子枯坐
每天天黑
颤巍巍地回屋
边关门边喊一声
“少琴——我关门了哈！”

伊沙点评：在俄罗斯，绿天把自己弄丢了三回，跟个别团友难以和平相处，行为上有过激、失当之处。在我看来并非全是集体与他人之过，她自身当然有问题。《新诗典》是个大课堂，不管你是干什么的，拥有多少社会经验（包括出国经验），到了这里都有值得学习的东西。由于本诗之故，她早早“订货”，诗歌业务方面无忧。在俄罗斯，不一定要写俄罗斯，也不是谁都能写俄罗斯，这或许是本诗带来的启示吧。

有时

默问

在朋友家里吃饭
夫妻二人和我都是同学
三个人说说笑笑
席间
男人上厕所
女人趴在我耳边
腻歪透了
有时都想掐死他
一会儿
女人起身煮饺子
男人点了一支烟
幽幽地说
腻歪透了
有时都不想活了
饺子熟了
我们三个人就着蒜泥
把一大盘饺子
都吃光了

伊沙点评：多么细腻，多么微妙！这就是典型性事实的诗意、经典的后口语诗。后口语诗人只需要记住不要在讲好故事的时候忘了自己，好诗人不能忘我、不能放下——对不起，一不留神又冒高话。本主持内蒙古辉腾锡勒推荐。

床戏

白水泉

云枫
你给哥们安排个床戏
你这电影
哥们给你投三万
只要是床戏

李云枫说
最后没办法
给这画家
安排了
停尸床的戏
一天一夜

伊沙点评：恶谑之诗，在《新诗典》存在，毫无问题，只需注意两点：一不要伤及无辜；二不要自暴其丑。本主持呼和浩特推荐。

2019.8.13

灯

彭晓杨

马路边轮班到夜里
十点的环卫工人
为了安全
身穿带灯的制服
两排小灯泡
在他们身上闪烁
这也是灯红酒绿中的
一种灯吧

伊沙点评：年轻诗人，拥有这方面对他人的关怀尤其难能可贵，别说“底层关怀”，就是关怀他人——正是这一点，让一些年轻诗人永远留在校园诗人这一页。不敢把自己搁进去，眼中没有他人的存在，是后口语诗两大忌。

愿望

陈万

有段时间
特想和母亲一起
坐拖拉机
因为她那时得
肾结石

2018/12/09

伊沙点评：8月上半月的“半月亚军”。本诗将后口语诗之于传统抒情诗在抒情上的先进性展现无遗，抒情诗人老以为自己用情多，他们的所谓“用情多”更多是“临诗抱情脚”，恰恰说明情不深，情深是什么样子？看看本诗就明白了，简直绝了！

洗澡

蒋聪

我在学校浴室最后一个隔间洗澡
洗到一半
打扫卫生的阿姨敲门
说要进来
清理一下地漏里面的头发
这让我想到
在家里洗澡时
母亲也会敲门
问我
要不要搓背？

伊沙点评：同为本典中的少年，90 后与 00 后相比，由于年长而无新闻效应，缺诗星，却像一辆开得慢但稳的火车。当 00 后由于开得过快而遇险时，90 后却一下子壮大起来——老天爷与诗神，最见不得不公正，现代诗写作课的诞生就直接促使了 90 后诗人群的壮大！看本诗，先甭管它口不口语、现不现代，这种提前告别校园诗人的写作是如何做到的？供大家三思！

2019.8.16

归属

苗荣荣

村口东西两边都有一棵皂角树

傍晚
东边皂角树下
小孙子在看蚂蚁搬家
老爷爷静静地看着孙子

下雨，该回家了
老爷爷透过另一棵皂角树
看到了老伴的墓地
默默地说

那才是我的家

伊沙点评：中元节，乃祭祖节，推荐这首诗很合适。在课堂上，我总是对学生讲：写你自己的生活，这是摆脱学生腔、学院气的最佳方式；你用的形式好不好，从结果就能看出来。结果怎么样呢？本诗作者写出了自己的生活，也写出了中国人的生活及其感情，还有生死观。

家

叶慧敏

一个重庆人和一个西安人
开了一家宝鸡擀面皮店
一个渭南人和一个安康人
吃出了家的味道

伊沙点评：真好！好就好在它不是在沙盘里推演出来的诗，而是直接从火热的生活中拎出来的诗！我们在俄罗斯，想念中餐的人只是念叨中餐，从来不分南北西东，这就是不同环境中的不同状况，这就是生活耐人寻味的况味。

难题

李菲

奶牛又下小牛犊了
是母牛犊
连牛圈里黑红的血都在咧嘴笑
是公牛犊
有通向屠宰场的车等它

村里女人也生娃了
是女娃
男人扬言要扔掉这个祸害
不带把的玩意

可母牛犊和女娃娃是一个性别啊
这是那时困扰六七岁的我的难题
世界级的

2019/06/20

伊沙点评：仅就就业时普遍面对的男女不公正对待，女生们就有权利发出自己的抗议，本诗就是一声含血带泪的呐喊！君不见，这些在校大学生，通过现代诗写作课的学习，找到了自由表达自己的文体——现代诗！古诗，行吗？不行！新诗，行吗？不行！散文，行吗？不行！由此可见此课的必要性。

轮回

瑠歌

我们那儿的农民
管这叫玉米糊糊
干完活儿后
蹲在地上
滚烫一大碗
五十多岁
多患食道癌
不出数月
病死于省会医院
黄土高原上
数代人
的宿命
年幼的手臂
被玉米棒子的叶片划出血道
在太阳下
毒烤
于是一生发誓把它熬烂
咽下胃里

伊沙点评：不论是写作还是编选，我都喜欢意外，比如在美留学的瑠歌写了这么一首诗。在 90 后诗人中，他给我最深的印象是不羁，这一次他告诉我：我有根！他是我的异姓侄子，是我看着长大的，我为他成长的每一步都感到高兴。近期 90 后长势迅猛。

安慰

刘斌

王有尾的老板
卷钱跑路了
我们劝他看开点儿
晚上一起吃完饭
到了停车场
一排车的雨刷器上
都插着高档会所的广告
王有尾嘟囔了一句
为啥我没有
把张强浩宝马车玻璃上的
广告扯下来
才钻进了自己的
高尔夫

2019/06

伊沙点评：刘斌是最早入典的三位 90 后诗人之一，另有一男一女，充分利用好了《新诗典》国际机场的跑道，奔了自己或远大或短小的前程，成了本典的陌路与敌人。只有刘斌留下来，用自己天生的老脸做了 90 后在本典的活化石，成了这一代人中的老前辈。

一只龟发现了自己的灵魂

吴雨伦

回家时
发现养了一年的巴西龟死了
尸体漂浮在
浸泡着羊肉片的池水中
——那是几个小时前它的午餐

这让我想起了许多伟大诗人的死法
这只多病的龟
一年来
在饱受了病痛的折磨后
学会了像一个堕落的诗人那样思考
它不再挣扎
在饕餮般饱食一顿后
在七月盛夏的阳光里
让身体舒展
徜徉在奶与蜜的池水中
仿佛这是迦南之地的海滩边

上帝在此时带走了它

伊沙点评：过去一年，吴雨伦的诗写得少到几乎没有，全力以赴考托福——对此我全力支持，一个男子汉，要懂得为自己未来的生存与发展去打拼，要懂得全面布局，要懂得人生每个阶段的重点何在。他用学习找回了学生身份，那么今后两三年，学习依然是头等大事。他养的龟死了，他很伤心，写了这一首很舒服的诗。吴雨伦在诗中的平衡感特别好：在生命与文化之间的平衡。

白骨精传说

谷驹休

从前
有一名骨科医生
专研医术
多年未娶
他的诊室里长期放着
一具塑料骷髅
每次手术时
只要在脑中默想起
那具骷髅
他的手术就会很快完成
后来
因为协助医生治病救人
塑料骷髅
功德圆满
获得血肉
幻化成了一个女人
最后还嫁给了
骨科医生

伊沙点评：用一个 1989 年出生的诗人，走出为期九天的 90 后诗展——这是编辑剪辑学。自打曹村娃将里尔克、闻一多编进《汉诗三百首》（2018 年卷）后，我愿意炫一下《新世纪诗典》的编辑科学与艺术了。谷驹休经历了一个小低潮，终于用一首富有想象力的独特文本走出来了，当贺之！

艺谭·沸

徐江

当沙哑的男声
在片尾唱出
李白的“长相思”时
我心里汉语的大锅
开始沸腾

伊沙点评：作为仅剩的四大满额诗人之一，徐江这一轮保额保得很辛苦，直到最后一次选稿才以自己的低轮保住。是不是他的写作出了什么问题？或者这几个月状态不好？我只能说符合我的标准的诗在变少。为庆祝大学毕业 30 年，我们三个同学家庭在呼和浩特小聚，这次聚会让我更进一步看清了我们三人已经变成诗坛传说的友谊的本质：和而不同——我与徐最大的不同还是在对现代诗的认识与趣味上，可以说非常不同，甚至 30 年间互不影响。所以，他不必太在意在《新诗典》上的战绩，事实上他也不会。

2019.8.25

高原上的客车司机

西娃

前面出车祸了

他跳下车
采了一朵
野花
走上车来
送给一个女乘客
再摘一朵
送给
另一女乘客

这样来来去去好多回

车上的老少女乘客
手上都有一朵
他采摘来的
格桑花

2019/07/13

伊沙点评：果不其然，西娃又说对我的选择感到意外，她总是自觉做工多的诗写得更好，而我没有定规。本诗中没有一个和尚，没有一句佛语，却有一颗佛心。本主持北京推荐。

2019.8.26

我

洪君植

独处的时候
读书，译诗，看电影，听音乐
望着天花板胡思乱想
有时我还妄想自杀
到自由女神像顶层跳下去
黄昏到黎明
黎明到黄昏
跟着思维继续往前走
突然，一声巨响
隔壁的另一个人
从百年老楼六层跳下去
替我

伊沙点评：洪君植也许有种种毛病，说话谈吐也不那么像诗人，但他是一个好诗人。只要是个好诗人，我对他其他方面的要求就降低了（只要不逾越红线）。本主持北京推荐。

那个日子

凌岚

每年五月下旬
开始准备：
写诗，画符……

到了那天
发现日历上
没有那个日子

伊沙点评： 在秋老虎的尾巴上，送给大家一点神秘主义的凉意。按以前的规矩，但凡典会，只有已经入典的诗人可以参加，现在扩大到只要承办者认为其有入典的水平，便可邀请。凌岚便是第二届江南诗会宝贵的收获。

2019.8.28

遗产

全京业

姥姥没有留下
任何遗产
原有的几件老旧衣服
按照习俗
招魂以后烧掉了

只留下
两粒正痛片

是姥姥卧病期间
天天跟小姥姥
(姥姥的同乡）要死药
小姥姥给的
跟姥姥说：是死药
吃两片就会死去
一点都不疼

姥姥说
我晚上吃　到晚上
偷偷放在枕头下
一直没吃

伊沙点评：这是第二届“江南诗会”单场冠军作品，在我记忆中是全京业继柬埔寨某场诗会之后再次夺冠。只有典人知道，在典会上进一次三甲有多难，夺一次冠又有多难。我们确实已经建立了丰富的评判系统：总推荐数看稳定与耐力，现场奖比的就是某阶段几首诗的尖。

长安行

游连斌

一路西行
一路颠簸
经过三个多小时的长途飞行
在咸阳机场
下飞机时
我看了一眼
身边的若昕
长舒了一口气：
护送遣唐使
来京的使命
终于完成

伊沙点评：徐江上大学时写了首诗叫《换种说法》——诗歌就是“换种说法”。游若昕是《中国口语诗年鉴》最小的编委，编委在长安开会，游连斌送她来，换种说法就是“护送遣唐使”，顿时诗意横生。口语诗真不容易，迎着外部的唾沫，蒙受着口语诗人内部对它的狐疑与苛责，埋头勇进，形成了如此丰富的套路，蔚然成为体系。

哑嗓金舌王小龙

伊沙

他的嗓子
如果只是沙哑
就可以就近进
上海电影译制厂
接邱岳峰大师的班了
但是
他的嗓子
其实是暗哑
发声很困难那种的
那就没戏了
且去作诗
且去作中国诗歌史上
第一首口语诗
叫作《纪念》
在 1982 年

这年 7 月
他获得平生第一项诗歌奖
首届中国口语诗奖 · 金舌奖
我在酒桌上说：
“你们听——他这嗓子
写口语诗就是这么费（废）嗓！”

伊沙点评：本诗从表面上看是一首人物诗，运用后口语诗最擅长之武器——抓细节，写成了一首小史诗，写出了中国口语诗的历史源头，又揭示出口语诗之大道——身体性。幽默、诙谐、生动、形象、气足、举轻若重又举重若轻，可当“半月冠军”——口头性荣誉，主持人可以有。

尔等

黄海兮

我和程小花的儿子
一起奔跑在 1984 年的田野
未被收割的稻子
我嫌它阻挡了夏天的方向

我们溜进稻田
捉迷藏
看着程小花站在太阳下
疯长的青草中
一条水牛埋头在大地
我嫌它挡住了程小花

她叫骂着她的儿子
我们就是不吱声
蓝天下的风
我嫌它吹在稻子上
稻子又蹭在我身上，痒痒
此时，程小花的叫骂
越来越凶
我们躲在稻田里
不出来
后来她不喊了

我们继续捉迷藏
我们累了
从稻田跑出来
不见了的程小花
我和她儿子
大声喊她名字
程小花——
程小花——
她不理我们
我想她一定是生气了
我们回到家
程小花不在家
她癫痫发作
栽在了那口烂泥塘
殒命如此
然后，她的家人把这口烂泥塘
填平，种树

三十多年过去了，无人问津的烂泥塘
因修路征地
起了纠纷
村干部表示
这块集体用地
不可能是程小花家的
但种的树
赔偿的青苗费
三四千元
算作程小花那时的丧葬费
如果再给程小花修座假坟堆
还能再多赔上一千五百元

公私两方僵持不下
在程小花的儿媳
喝农药死后
烂泥塘上的小树林
又有了一座新坟
没有人嫌它多出来
这好比程小花死了
烂泥塘可以装下的
树长满了天地
天地可以装下的
程小花却突然消失
没有人想起来

三十多年后
我没想到程小花——
这个人的名字还在
这片田野上
被人拽来示人
我们还是假装看不见
风在田野
呼呼作响
好多年前的
程小花的叫骂声
猛然从大地冒出来
程小花——
她的名字
让我想起
她喊我们时
声音歇斯底里

那时我们一样假装听不见

昨夜在我梦里
程小花出现了
她在玻璃的窗格屋内
沉默地看着我
她没喊我
但嘴角微动，像说是——
尔等
排着队
尔等
插着队
尔等
争先恐后
要去哪里
大地不会嫌多
大地装得下

2018/03

伊沙点评：《新诗典》推荐的诗，有没有长度限制？其实是没有的，只是一味求好的同时，把平均长度给拉下来了——也就是说，《新诗典》一味求好，不问长短。但是又好又长的诗一旦出现，我们既不会放过，还要口头表扬，本诗总共 93 行，在长度上有突破，又能保持高品质，该当 9 月上半月的“半月冠军”。

2019.9.2

报警

侯马

市局接到报警电话
天空出现不明物体
出警的民警发现后追赶
车走似乎物体也走
从郊区一直追到东直门
那物体总是离得很近
但却难以企及
我们度过了一个不眠之夜
后来接警员小心推测
会不会是金星

2019/07/02

伊沙点评：昨天推荐的黄海兮，完成了诗歌长度上的大突破；今天推荐的侯马，完成了题材写法上的大突破：警事题材写成这样，神了！在呼和浩特“长安诗歌节”现场听到它时，我甚至舍不得问：这是来自事实的诗意，还是来自作者的神来之笔？我把这个独特文本拿走就好了。本诗该当 9 月上半月的“半月亚军”。第二轮开始了，突破者一马当先，呼唤更多的突破。

同床共枕

左右

一觉醒来
发现右手边躺着
一个女人
而且是
美女
随后她也醒来
我们相视而笑
各忙各的

守了一夜的灵
我们
太累了

伊沙点评：第二轮先遣军，在两首有大突破的诗之后，左右这一首最为突出——我忽然意识到，左右几乎每首入典诗都能带来惊喜，平均水平相当高，高于他目前在实力榜上的第十四名。对左右而言，口语没有实际意义，他在写作中对口语的选择只是选择好语言。

二月的婚礼

君儿

1996 年冬天
我结婚那天
天气预报
最高气温 8℃
这个 8℃让我
记忆至今
不仅仅因为
字面的喜气
还因为气温突然升高
我可以在羽绒服下
穿大红的呢裙

伊沙点评：君儿是实力榜上名次最高的女诗人，也就是中国创作状态最稳定的女诗人，但这可不是“保”出来的，而是不断进步“夺”来的。诗歌理念不先进，再精彩的生命都会被浪费，2005 年写《九月》的君儿肯定不屑于去记录自己的大婚之日，是先进的诗唤醒了她的生命。

第六辑　我所拥有的

在这人烟稀少
寒冷又广袤的土地上
只有大地与我耳语
如果你不能与我
分享孤独
就不要打扰我的孤独
它离愤怒仅有
一步之遥

——艾蒿

白居易

游若昕

奶奶去世后
爸爸稀疏的白发
那偷渡客
摇身一变为
合法居民
占据了
半壁江山

2019/07/20

伊沙点评：多好，尤其这标题起的！现在回头看，游若昕就是游若昕，不是 00 后的开始，她就是她自己！她只是她自己！曾经一度，好大喜功的我们误以为她只是带了一个头，00 后诗人现在比的是成长，所以我对她随文化知识的增长而擦出的新诗意的火花更感到欣喜。

在地震遗址

二月蓝

走在北川县城的街上
看着两边
或切开，或移位
或下沉
或扭成麻花状的房子
我双腿发软
尽管同行的十一位诗人
就走在身边
可我老觉得他们
走着走着就会
消失不见
把我留在这里

2019/06/23

伊沙点评：二月蓝长诗了！她在绵阳和俄罗斯各拿下一个现场冠军。她本来就是感觉型的诗人，天生感觉好。拿本诗来说，我也在现场，也有同样的感觉滋生，但最终还是写到思考那边去了；她就写感觉，感觉是最恰到好处的。

广场上的圣诞树

蒋涛

广场边的路灯下
挂满了监视器
像一棵棵废弃的
圣诞树

2019/06/28

伊沙点评：蒋涛是典人出访的积极分子，外访团的天然团长。今年夏天未去俄罗斯，他声称“没钱了”，转身自己去了花钱少的琉球国。中国当代诗在国际上到底居于什么地位，处于什么水平？拿本诗来说，拿到国际上绝对算牛诗，但在我们内部并不算——这真是个耐人寻味的评估。

香椿

起子

香椿树细长
坚韧
无旁枝
是春天的钓鱼竿
今天中午
我看到它钓起了
一个老太太

2019/04/23

伊沙点评：《新诗典》主持人是教师，教师是《新诗典》诗人的第一职业，说明这个职业最养诗人。值此中国教师节来临之际，我们请出浙江某中学美术教师起子先生携其诗，向《新诗典》中的老师们祝贺节日，毕竟能被誉为“阳光下最灿烂的事业”“人类灵魂的工程师”的职业并不多。

我妈的男人

三四

我妈找的那个
巅峰时比我爸
牛多了
后来干酒店赔了
回到镇上
开小餐馆
我跟他说的
最掏心窝子的话
是让他
不要嫌弃我妈
身上的伤疤
那是一水箱的开水
烫出来的
花朵

伊沙点评： 在我印象中，三四出席三场诗会，才会有一首“订货”，但他非常满足。我想对他说：坚持住，人不会永远一个效率与节奏。他从江南诗会回家，怀孕的妻子挺着肚子等他的照片，感动了我！本诗感动了我！

2019.9.13

母亲

顾今

一楼的老太太
说起孙子就满脸堆笑:
“啧——不是一般的聪明!
说瞎话不带眨眼的!”
提到儿子就苦大愁深:
“咳,那个傻熊!
没一句实话。”

伊沙点评:《新诗典》的所谓“新人”永不弱,其原理是:新作者用的是自己头号代表作,老作者用的是自己第 N 号代表作。人一辈子,能写几首好诗?所以,我们就用这首“新人”的诗来向全体《新诗典》诗人(其中不乏背叛者)祝贺中秋!这是一首有喜感并且带刺的好诗。

相貌

于行

在外务工的大姨夫
没上过学
我好奇他一个人
往返于重庆和广东之间
是如何做到的
那天我终于憋不住了
委婉地问他
这么多车
你怎么搞得清楚的
他笑了笑说
“看相貌”
“什么相貌”
“先看司机相貌
次数多了就看司机车上
字的相貌”

2019/07/31

伊沙点评：貌似是现代诗写作课班带了头，近期 90 后大井喷，好极了，此时不喷，更待何时？于行虽为“新人”，但此诗在这半月里绝对可居前列，“字的相貌”真是太有趣了，也太有价值了！

2019.9.17

我所拥有的

艾蒿

在这人烟稀少
寒冷又广袤的土地上
只有大地与我耳语
如果你不能与我
分享孤独
就不要打扰我的孤独
它离愤怒仅有
一步之遥

伊沙点评：在今夏赴俄访问的《新诗典》诗人中，艾蒿既不属于俄罗斯情结深重者，又不属于学识渊博之士，却一举拿下总冠军，且是我认为少有的几位真正采到气的人之一，何至于此？赤子之心，一张白纸，感觉到位，才华使然。本诗在这半月里可居亚军。

2019.9.18

奔月

朱剑

自打朋友的老板
卷款潜逃
不知所终
朋友的血汗钱
瞬间蒸发
警察的消息
也等不到之后
晚上走过小区广场
看到有人
架着天文望远镜
看月亮
我都很想
凑过去
瞄一瞄

伊沙点评：让首届“中国口语诗奖 · 银舌奖”得主朱剑为大家展示一下口语诗的高妙写法：本诗的抒情写法就是那种赠友诗，充满“基情”那种。说点励志话，搞点浅哲言，再抒一下怀，让读者掉一地鸡皮疙瘩。口语诗则表现为一种条件反射般的惦记，落在事实的诗意上。

间谍

杨艳

诗刊社青春回眸诗会
刚在宁德开完
又定明年的青春诗会
还要在这儿办
在文联上班的朋友对我说：
“明年去当工作人员吧
接触一些名诗人”
“才不去”
我说
“真被派去了
我也是个间谍”

2019/05/26

伊沙点评：诗歌是反意识形态的、超意识形态的，同时又创造新的意识形态。当爹妈把杨艳生成口语诗人时，想参加“青春诗会”就难了。她的勇敢和决绝在于敢用诗歌亮明自己的立场，莫说在女诗人中是勇敢的，绝大多数男诗人也不敢——这才是真正的先锋！

2019.9.21

小前夫

叶臻

晓兰给我老婆发微信
说她最烦心的事是
自己与前夫生的儿子
长得越来越像前夫
她的现任丈夫
不止一次告诉她
他可以养这个孩子
但不可以养一个小前夫
她问我老婆怎么办
老婆又二传给我
我说我能怎么办
我又不能阻止她的儿子
长得不像她的前夫

伊沙点评：在艺术创作中，“忘我”是一种高境界；在诗歌写作中，“无我”是一种大问题。改革开放初期，诗歌界讨论过“大我”与“小我”的问题，现在回头看，就是通过“小我”找回“我”之存在。后口语写作出现了一支“无我”的故事会式写法，是我始料未及的，所以批评得比较多，叶臻便是典型。他在本诗中努力纠正这一点，把他和他老婆都放进去了。

每一家理发店都是一座寺庙

原音

再忙碌的人
也会在这里
被剃度

伊沙点评：昨天我理发时想起了这首即将推荐的诗，我通常把这样的“想起”理解为好诗的证明，我所做出的反应便是：提前推荐！原音“包工头诗人”的形象刚树立起来，自己就升段了。照我的理解，这是真正的禅诗。

花椒

黎雪梅

婶子做饭
会在每道菜里
放花椒
饭前
她又会将菜里的花椒
一一挑出
才肯吃饭

伊沙点评：精妙！仔细想，是生活本身就这么精妙，是“事实的诗意”就这么精妙，诗人虚构不出来，只需要去发现。我记得过去我母亲就是如此，改革开放之初，父亲出国去日本，带回一个精巧的小金属盒子，生活又被导向另一重精妙——精妙的生活就是文明。

它叫新诗典

宗月

我知道有这样一棵树
它的年轮
遵循着独一无二的计数方法
只要你愿意
你也可能成为它的一部分
你会有自己的年轮
你可能快速生长
增加轮数
你也可能停止生长
但不会影响它的壮大和枝繁叶茂
它的轮数
最准确的含义
是你与口语诗的身体性、后现代性
有多远

伊沙点评： 有人专门应时而写，在这里沾不上光；有人热情讴歌我和《新诗典》，在这里同样沾不上光，本诗为什么就可以？因为它形象而又准确地写出了《新诗典》的存在状态与诗之大道，唯诗是取。

三年前的一个冬夜

闫永敏

我在晚上九点回到家乡
祖父已去世三个小时
穿着寿衣
躺在明亮的灯光下
我跟着祖父母长大
祖母去世后
我知道祖父也会离开
我看了一会儿离开的祖父
走开来到院子里
把自己放在一片墙的阴影下
这时
我听见邻居们议论说
你看她爷爷死了
她都不知道哭

伊沙点评：本诗引起了我个人的共鸣：母亲去世的时候，我也是一滴眼泪都没掉，只是一夜之间白发从几根发展到一撮，可这是一种无期徒刑般的钝痛，我的心一直流泪至今，有诗为证。但好在我没有听到什么不良议论，世上最悲惨的人生就是盯着别人活并横加指责，与此相对应的悲惨便是活给别人看。

对视

杜思尚

十五岁的夏天
我一个人站在工厂大门口
发呆
身后有喇叭在响
我仍在发呆
一个满身横肉的男人
走向我
大声呵斥
是不是不想活了
我如从梦中醒来
直直地瞪着他
他转身走向卡车
拿出一根铁棍
我和他
对视了一会儿
才慢慢地
挪到路边
一直活到今天

2018/09/05

伊沙点评：随着了乏退役，本典中的军旅诗人只剩下两位，杜思尚是其中较为稳定的一个。他也属于我所谓的“故事会派”，经常讲些无我的故事——但这一首中有我，也就抵达了内心，关于成长的故事，关于心理的诗。

外婆的桑叶园

汪良峰

夜色降临在村庄里
外婆便收拾着碗筷
桑叶园一片静悄悄

春蚕夏蚕早中晚秋
老叶嫩芽添火控温
吐丝结茧年复一年

太阳照耀着桑叶园
外婆却背不动竹箩
土地浸染着儿女泪

伊沙点评：读到这种“乡村民谣”，我是多么兴奋！这才是我要的多元，我要的是好诗的多元，不是照单全收的大杂烩，不是对诗坛旧势力格局的维持。写乡土而不土，这就是现代诗。

见大象

朵朵

大象的眼睛那么大
它的两滴眼泪
涌出来
像两个奶嘴

2019/08/20

伊沙点评：山东诗人王长征为其女儿朵朵助攻，这么做是对的。我感觉（未经调查），王本人并不一定认同《新诗典》的价值观，但不耽误孩子。说穿了吧，我对任何投稿都一视同仁，有好则选，无好则过。作为 10 后小诗人，朵朵从眼泪到奶嘴的形不似意似的比喻说服了我。

2019.9.29

绑架

洪恩博

妈妈出门去上班
我一个人多孤单
我去绑架她
让她帮我写作业

妈妈上班太辛苦
我去上学也很累
我来绑架她
让她来上学
我去上会儿班

最最最重要的是
每次我爸爸
挥起手
抽下去那一刻
把妈妈绑过来
挨屁股

伊沙点评：与 00 后整体势头的减缓相对应的是 90 后的井喷与 10 后的增长——这不，又来一个 10 后。光看头两段，本诗很一般，就是本典不需要的那种童诗，可是有了第三段，全诗都不一样了，一下子跃升为一首成人佳作。

军礼

王有尾

诗人杜思尚
陆军上校
在新诗典江油
颁奖典礼和我住一屋
睡前他说
明天读诗
一定要准时
睡到凌晨四点
忽然房间里大喊一声:
闹铃响了
起来读诗
我翻身看了一眼
他收拾整齐的
军装
自己一个立正
站了起来

2019/06/22

伊沙点评：国庆黄金周单元拉开。大阅兵前夕，我们来个小阅兵——只阅我军这一面：军中有诗人，现代好诗人，唯我杜上校！后口语诗最大的魅力便是与生活合一，与人性合一，与好玩合一，正谐难分，滋味丰富！

雨钱

图雅

入夏以来
我出汗最多的一天
下班回到小区
突然啪啪啪的声音落在
停车场
一分，二分，五分……
简直数不过来
这些已经很少在市面上流通的硬币
被天空哗啦啦倒入这里

2019/07/06

伊沙点评：看图雅在俄罗斯的“订货”是一种享受，同时又很惊讶：这么多好诗，总成绩怎么可能未入三甲？原来是她自己的战术问题：把好诗太平均使用了，全分散到各场中去了。本诗是她单场夺冠的作品，真好！一举又拿下了 10 月上半月的“半月冠军”。它是“事实的诗意”之诗意浓度到达极限的杰作，是真正的纯诗——我理解的纯诗不是一种类型诗，而是提纯之诗。前者是大棚作物，后者是野生精华。以这个半月最好的诗恭祝全体《新诗典》诗人国庆节快乐！真正的诗人当与祖国同在！

煮羊肉太好吃了

沈浩波

那年我六岁
冬天的傍晚
我爸骑自行车载我
经过镇小学时
突然对我说
“校门口开了家羊肉馆”
我没有说话
我爸往前蹬了几步又说
“羊肉太贵了”
我还是没说话
我知道羊肉太贵
我爸又往前蹬了几步说
“冬天吃羊肉挺好的
你还没吃过羊肉呢”
我还是没说话
我知道我爸在犹豫
我们最终去吃了那顿羊肉
——煮羊肉

2019/05/05

伊沙点评：《新诗典》甫一创建便自带喜气，容易让作者双喜临门、三喜临门，多次碰巧赶在作者生日推荐。今天不是碰巧，他是我能记住生日的少数几个朋友之一。我还是有感慨：沈浩波为什么会成为成功者？他对自己太精心了！本诗并非现场“订货”，但沈注意到我在诗中写到过它，便放入“订货包”发给我，而我为什么会最终选它？因为我早就说过：没有平民主义就没有口语诗，平民精神是口语诗的底色和本色。

2019.10.3

世界的高度

江湖海

寻找一个有骨气的人
把骨头拆了
一根一根接起来
膝骨不能弯
整条脊椎骨不能弯
也不能软
哪一根都不能弯不能软
脚掌骨立在地上
一根一根地往天上接
接完的高度
就是世界的高度
我没找到他
我还不能把自己拆了

伊沙点评：《新诗典》逼我做最好的选家，《新诗典》推荐语逼我做最好的批评家，我判断江湖海在俄罗斯采了风但没采着气，最终从“订货”中选出的果然是其江南诗会作品。本诗是极具经典性的杰作，在 10 月上半月推荐诗中可获“半月亚军”，说明口语诗完全可以直取形而上，但要写得生动形象，富含理趣。

2019.10.4

罢用煤气罐

庞华

电视里在演 1939 年
日本飞机轰炸重庆
有个镜头是炸弹特写
母亲指着问我
像不像煤气罐
别说还真有些像
她盯着电视好一会儿
才慢慢说，用掉这罐
以后，改用电

伊沙点评： 国庆节已过三天，爱国诗霸屏，读了一肚子坏诗与庸作，爱国不是坏诗与庸作可以存在的借口。《新诗典》该有所表示，推荐一首爱国诗佳作，本诗便是。什么是爱国主义？列宁说得最好：流淌在血液中的东西。什么是优秀的爱国诗？我来告诉你：是流淌在血液中的东西，在日常生活中不经意地流露。

意外

毛姐

去西藏旅游
地接团中
有对南宁的小夫妻
女孩活泼开朗
男士相对沉默
十一天的团队生活
大都是女孩
照顾她丈夫
我和老公私语
估计是男人生啥病了
旅行结束
大家互留微信
半个月后
男孩发朋友圈
爱妻某某某
因白血病医治无效
于今天中午
离世

2018/12/10

伊沙点评：国庆黄金周假期过半，还有宝贵的三天时间，我将通过三首不同的诗为三种采用不同的方式过节的同行与读者助兴！首先是国内旅游，在后口语之前的中国诗中，你可以见到山河秀丽，你见不到风光缘起——人在旅游，你更见不到人在活动、人的存在，本诗给你全部。

第七辑　死后的世界

现实中的
动物
变成了神兽
现实中的
河流
变成了热巧克力
而我看见的人
不是骷髅
而是灵魂

——海菁

2019.10.6

胸罩酒吧

海青

不知道这与
意大利的
黑手党和脏乱差
有没有关系
女士来这家酒吧
喝酒不收费
但需要留下胸罩
挂在墙上展览
会拓扑的女士
可以当众
把胸罩脱下来
而不走光
她们得穿廉价些的
不然次数多了去不起

伊沙点评：虽说是国庆节，但出国旅游者照样不少，也是度过黄金周的方式之一，我用一首旅外诗为这部分同行与读者助兴！10 年前，出国还是极少数中国诗人的特权或幸运，否则怎么意淫出“鹿特丹事件”（归根结底是可怜）？10 年来，大批量的中国诗人以伟大的中国游客的身份自获尊严与权利，海青是经常出国的女独行侠，对扩大《新诗典》的疆域有功。这首诗别开生面，叫人开眼、开脑洞。

合欢

里所

树荫跟着太阳
不停移动
我和妈妈换了三个地方
终于还是坐到了
姥姥晕倒再也没能醒来的
那条长椅上
那是在小广场北侧
两棵合欢树中间
妈妈简单描述了
初春的那个下午
她几点到的
医生是蹲在哪个位置进行抢救的
接着我们聊了更多她的生活
和我的生活
广场上飞跑的小孩
像一条条泥鳅
滑进日光的海中
妈妈说到如果等我
有了孩子
我朝她旁边坐了坐
我们左边因此有了更多位置
就像姥姥和我的孩子
都坐在了那里

2019/06/17

伊沙点评：不论什么节，永不过时、会被最多人采取的过节方式是：宅在家里，举家团聚，什么不做，都是好的。此次七天长假，从国庆节开始，到重阳节结束，里所的《合欢》是最终的助兴。本诗之妙在于：不但与现存的亲人团聚，还与逝去的、未来的亲人合欢，是对中国人的生命哲学与家族观念的最好诠释，“事实的诗意”非常强大。

七月初四

盛兴

农历七月初四一大早
爹打来电话
“又忘了吧?
今天你妈祭日
你妈备好了酒菜
你来拿上
去给你妈上坟”

2019/08/05

伊沙点评：国庆勿忘告亡灵，本诗依然在国庆单元之内。在磨铁读诗会上初听作者念时，我还以为是亡母复活了，在场的轩辕轼轲说是后妈。我虽为“事实的诗意”的发现者，但也承认语言诗的存在，也就是说可以从字面上读一首诗。

死后的世界

海菁

我想要
死后的世界
是这样的
现实中的
动物
变成了神兽
现实中的
河流
变成了热巧克力
而我看见的人
不是骷髅
而是灵魂

2019/06/07

伊沙点评：本诗是第二届江南诗会单场亚军作品。我选诗，老少平等，一个标准；我评诗，则不得不面对年龄。在本诗中，“热巧克力”令我激赏，“灵魂”则不以为然，对一个八岁的孩子来说，还是要用自己有感的词。

2019.10.12

神经衰弱患者的苦恼

睡苔

那年为了去网吧上网
我背了几遍身份证号
结果
连续几夜
做梦都在背

伊沙点评：前些日子搞“大长节”，我还对李海泉这个 90 后说：我们当年打诗网战，最早是在网吧里打——本诗让我一下子找回了当年的全部记忆！新生的与刚死的事物最有价值，但是没有才华的人记性不好，细节往往太假——本诗正好相反。

2019.10.13

登写字楼

王新也

庄稼

在

我心里生长啦

伊沙点评：一年一度的诺奖消费也差不多了吧？文学人真没必要太当真，说穿了是译作奖，不是原作奖。拿本诗来说，题目就有诗感，但只局限于中华文化下的中文语境，一翻译就没有味道了。本诗另一个可贵之处在于标题与正文间所构成的张力。

魔镜

丘玉木

自家的镜子是情人
每次都让我觉得自己出类拔萃
顿生指点江山的壮志豪情

理发店的镜子是老婆
在她面前我灰头土脸一事无成
猥琐得简直不配是个人

公厕里的镜子仿佛我妈
恨不能从墙上扑下来痛扁
邋里邋遢抠着鼻屎的我

2018/05

伊沙点评：非常整齐的一组来稿，不止一首过线，作者却从未发表过诗。我们可以安慰自己说作者才写了三年，在这无才者靠抄袭可以混成著名诗人的时代。

羁绊

钟婕

玩过悠悠球吧
把线套在手指上
扔出去
手腕微妙地
往回一扯
球就回来了
只要线在
牵引力一发
球就不会丢
三年级的夏天
悠悠球回来了
触发牵引力的
是外公的肿瘤
它把一家人
都扯了回来

伊沙点评： 悠悠球的妙喻，来自作者对家庭关系的深刻理解，理性于内如骨，感性于外如肉，这才是标准的诗、真正的诗。在思想深刻上，不分老幼。

彼岸花

戴子岚

一朵彼岸花
开在生死交界之间。
传说
每到凌晨三点
它便会开花。
我在想，
我的妈妈的妈妈
的妈妈的妈妈
长什么样？
她早就在阴间了
我从来没有见过她。

伊沙点评：九岁，真好！语感显而易见，这就是可以写诗的明证！近期诗坛出了个大抄袭犯，从词到句到情到意全都得抄别人。所有的真材实料都显得万分可贵！10后小诗人的队伍在悄然壮大，我希望他们比00后走得更稳重、更坚实些。

他的导师和他

唐欣

他当然敬爱老师
但却不能　称其为
苏格拉底　那样的话
他自己就得是柏拉图了
他碰巧知道　很遗憾
他们确实　都不是

2019/08

伊沙点评：我记得上一轮，唐欣是“半月冠军”，这一轮属于老唐的弱轮。本诗在这半月里位居中游，但战略意义重大：满额诗人保住了满额！目前，中国现代诗发展到了什么阶段？口语原生如老唐者，知识渊博如老唐者，也得老老实实按照诗之大道来，不敢任性胡为，身前身后全是同代人惨痛的教训。

龙眼

湘莲子

那棵树上的龙眼特别甜
她每年都会摘一筐送给我
她说树下埋着很多胞衣
他父亲的胞衣
她爷爷的胞衣
她爷爷的爷爷的胞衣

她哥哥的胞衣
是她奶奶用三十元钱
托关系从医院买回来的
去年
她求我
想办法买下她侄儿的胞衣
我没办成
算命先生说
那棵树的阳寿到了
果然
一年后
那棵树连同那个院子
被政府征收了

2019/06/21

伊沙点评：苏俄情结甚重，相关知识也很丰富的湘莲子没有让自己的高潮出在今夏的俄罗斯——这也说明情结与知识不决定结果——她的状态出早了，出在了 6 月的李白故里江油，仿佛是为证明自己配得上“李白诗歌奖 · 银诗奖！”多么惊艳的一首诗，一举拿下 10 月下半月冠军。

三行情书

王一渊

最无用的
是夹层里的旧照片
五官上覆着一枚创可贴

伊沙点评：九年《新诗典》饱尝了良好制度带来良好结果的定律：半月冠亚军这项口头荣誉的创建就是为了刺激单首诗一较高下，点数高低人人平等。王一渊是现代诗写作班的学生，本诗是从她的期末考试中选出来的，是其 2.0，一举拿下 10 月下半月亚军！诗中“一枚创可贴”真是用神了，它一定来自“事实的诗意”而非修辞之术，真实的总比想出来的深刻。

一天

高歌

下午，公司中层副职的竞聘演讲刚结束
结果就贴了出来，榜上无名
我跑去街边刮了个光头

理发师嗡嗡推动割草机时
我爸上午在家给我染发的触感还在
他拿小刷子一下又一下
抹黑了我后脑勺上的两口痰

伊沙点评：感同身受，大概大部分诗人在单位里、在社会上都属于“被侮辱与损害的人”，全球都是如此，这是诗人的宿命。但是，诗可以怨——怨，正是诗的功能之一。

2019.10.21

真是可耻

李东泽

十多年前
一个评论家提醒我写诗
要有意识地建立自己的风格
我当时想，一直写就是了
风格算个屁
然后，很多事情
一件接着一件地到来
就像很多人遭遇的那样
在这漫长的十年里
平淡，忍受，妥协
麻木，迟钝，平庸，呵呵
一个接着一个地干掉它们的对手
潜入我诗行
多么可耻
人到中年，我写出了我自己
的风格

伊沙点评：我记得，刚被揭穿的抄袭者最爱写羞耻、可耻——自己羞耻，他人可耻，全是抽象的，是原罪表演，特别能讨好向西方看的书呆子。这里所写的可耻，具体得不能再具体，就是一位 70 后诗人对自己半生写作的真诚反省，是写给自己的，诚意实足。本主持北京推荐。

2019.10.23

抗日战争

从容

外婆逃难,
丢下宋瓷和玉器
手里抱着二舅,
难民们挤在山上
都屏住呼吸
有人挑头说:
这孩子哭了怎么办?
全体都想把外婆和孩子撵走
外婆说:如果他哭,我就地把他掐死,
绝不会影响你们的安全!
六十年后我问她,
如果二舅真的哭了呢?
她说:那我只能掐死孩子。

伊沙点评:从容,久违了。她上一轮推荐是在 2018 年 2 月,前一月她在《新诗典》诗人西双版纳—老挝跨国诗会上荣获总冠军。从那至今,她投稿三次,两次未果,一次我选了,她觉得不方便发。所以说,《新诗典》的游戏规则是要求每位诗人写作的日常化与稳定性,对于诗人自己来说,宁无一次冒,只求千日稳。本诗让我想起小时候大人讲过的一部内参片中的情节——日本电影《军阀》中,“二战”时期的一位妇女为了保护逃难者,亲手掐死了怀抱中的婴儿,所以说,战争是人类共同的敌人。

超车

李海泉

2019.10.24

姑父走了
爸爸和我率先赶去医院
黄昏的傍晚
下起太阳雨
一路上我开车轧着公交专用道走
终于还是在医院前的
十字路口
被堵死在一动不动的车流中
红灯像是焊死了
公交司机追上来后
对着车窗
破口大骂：
“瓜怂，不要命了”
看到我俩头戴白孝布
看到我爸从一团塑料袋里
正慌忙地编织绑腰用的细麻绳
公交司机从车窗给我爸
扔了一根烟过来

伊沙点评：生活的，太生活的！接地气的，太接地气的！90后诗人写出来尤其难能可贵。我讨厌与之相反的一种：诗中充满文人的干预，有人写一辈子，连生活的边儿都没挨着过，文人干预是干预不出扔过来的这根烟的。说穿了，不懂生活者，写不好口语诗。

传染

赵克强

凌晨两点
隔壁邻居家摔砸东西的声音
把我吵醒
一个男的
在怒吼:
“搞个锤子
不过了
离婚！”
我忽然想起
去年还没有离婚的时候
在他们隔壁
我也说过
这样的话

2019/06/20

伊沙点评：如果说有些口语诗人最大的缺点是“无我”，永远在讲他者的故事，那么赵克强最大的优点就是“有我”，敢于把自己搁进去、撂进去，不怕丑、不怕窘，但又不是刻意戏剧性地自我丑化，来得十分自然而走心，与以后现代主义精神为背景的口语诗天生契合。

违规的孩子
——写给姜二嫚

紫伊

我们都是孩子
我们都是女孩子
我们都是 00 后的女孩子
我们都是家里第二个 00 后的女孩子
我们都是上天破例赐下凡
违规穿越过来的孩子

2019/05/16

伊沙点评：刚在课堂上对学生讲过，地球是宇宙的偶然，我们作为地球生物偶然存在，每个个体生命都是父母的精子与卵子偶然相遇的结果，中国的孩子更是偶然中的偶然。某个时期二胎简直就是不法幸存——本诗所写正是这一代人的心声与宣言，00 后也可以写得很大——这才是真正的大诗！

张美丽

徐一峰

急着赶路　网上约的
快车　半天不来
只好拦了出租车
问司机　快车为什么更慢
司机说　它叫快车
那只是它的名字　就像
比方说　她叫张美丽
但实际上　美丽吗　你说

乘客面露羞色　她
正好姓张　但　不叫张美丽
她叫　张艳丽

伊沙点评：唐欣助攻来的作品。预计本诗又要遭到“这跟段子有啥区别”的质疑，不过这个世界真不是为将诗歌与段子二元对立的人准备的，我忽然想到一个问题：当后现代主义过去之后，没有经历过的年轻人岂不是更傻了吗？他们以“新”自居，往往无比可笑。

话说桑田

肖文静

一家人高高兴兴地坐在一起聊天
老一辈感叹
这饭桌上的米可不容易
听说今年到处发旱灾
是啊，有些庄稼颗粒无收
大家一句接着一句
小妹妹说
“那赶快拿水枪去滋啊”

2019/09/21

伊沙点评：真好！沉重与诙谐并存，才是生活的真滋味。小小年纪能这么写，不是懂了什么道理，而是才气使然。本诗来自诗人廖兵坤的推荐。

老张

李俊熹

老奶奶总是忘记拔钥匙
老张上楼
看见一个男人在开门
阻止了他
于是起了争执
老人上楼看见老张
开门把老张关住
警察来了
老奶奶说：同志
就是这个人打了我儿子

2019/09/21

伊沙点评：身为中国最好的诗歌批评家，我就是要把有价值的大实话说够说透，进行到底。写传统抒情诗不利于孩子头脑发育，就像本诗所写的内容，传统抒情诗装得进去吗？现在他不比我们成年诗人显得幼稚，甚至比某一部分更显成熟。他把自己对社会、对人性更为成熟老练的看法端出来了，依然是来自诗人廖兵坤的助攻。

爸爸的衣服

汤晨曦

爸爸是个一百八十斤的大胖子
洗衣机里的衣服
总是胜过我和妈妈的总和
我们总是嫌弃他
让他快点减肥
直到一天
我们在外面吃饭
突然下起暴雨
他把他的加大型外套脱下
如同大伞一般
盖在我和妈妈的头上
自己拔腿开跑
我们再也不能嫌弃他

2019/09/21

伊沙点评：这是真爱真感受！多少写油滑的人，已经写不出这种真情实感了。此次廖兵坤老师助攻的这几个00后，在这代诗人集体性遭遇信任危机时，是个无言的强化。他们几个表现出一种综合的强化。肯定离不开老师的引导与教育。

写作

杨雨点

老师让我们尽量写愉快的事情
只写得意的事项
愉快的感受和美好的记忆
只写芳草的清香
春风的恬静和月光的皎洁
只写看过的电影
喜欢的歌谣和动心的画面
这就是
我写得少的缘由

2019/09/21

伊沙点评：对于一个孩子来说，直觉好，敢说真话，就是才！本诗充分体现了这一点，廖兵坤老师这次助攻非常成功，这四位同学是其教学成果的精华体现。从我带头做起，从职业老师做起，让中国传统诗教面向当代，体系性培养专业人才，《新诗典》又一次敢为天下先！

结

韩德星

爷爷是套牲口的好手
给骡子上鞍子、上脖套、上笼头
再架上车
装麦子、豆子、花生、棉花
他都会打出漂亮的活结
手腕粗壮，灵光
他最后给自己
也打了一个结
我没能目睹
对于一个半身瘫痪的老人
又站在凳子上
没有一辈子的功底
是打不出来的

2019/09/18

伊沙点评：本诗是无可争议的 11 月上半月的“半月冠军”，从我的角度看，低额后晋诗人对高额资深诗人毫不客气、绝不手软。在单首佳作的打造上，光脚的不怕穿鞋的，鞋少的不怕鞋多的！后者若以守诚之心对待诗，那就等着被反复冲击吧。毫无疑问，本诗是个经典。

KOKO

严力

不分长相好坏
也无种族区分
没有贫富歧视
男女老少都行
我家的博美犬 KOKO
喜欢所有的人
而我在外交场合时
则有着上述的所有盘算

KOKO 继续平等地跳动着
友好这个词
以其绵薄之力温暖着
地球上的气息

2018/01

伊沙点评： 前些日子，与严力同在北京领奖，他四下一望说：好像没几个 50 后。可不是嘛！《新诗典》每轮更新的代际排行榜，宿将榜（1959 年以前出生）与上次相比，几无变化，但我不会取消——我知道，对于中国诗人来说，老年写作是软肋。严力正好是宿将榜上一马当先者，不愧是首届“李白诗歌奖·成就奖”得主，为他小隔一段时间再次入典而欣喜！

2019.11.4

花朵

马非

在油砂山油田调研
有好一阵子
我都暗自纳闷
在这不长一根草
也没有一朵花的地方
怎么会有这么多蝴蝶
它们该如何存活
直到看见一只蝴蝶
落到了一位采油女工
鲜艳的制服上
才解除了疑惑

伊沙点评：据我所知，典人尤其是主力真的佩服满额诗人，因为他们深知这有多难！所以，首先祝贺马非第三个保全额成功。虽然是用其弱轮，本诗最后多写了一句：“才解除了疑惑”——不是因为啰唆，而是出于趣味，口语鹰为以理服人所累（普遍的毛病），忘了诗美更大：“蝴蝶落到了……鲜艳的制服上”——这才应该是跳伞的定点！

街头偶遇

韩敬源

一个女的
拉着一个小女孩
戴着太阳帽和口罩
挡住我的去路
大声喊我："韩老师，你不认识我啦?
××× 让我向你问好，
他说他活得太没意思了
他过不久要回来找你
谈谈理想人生
和诗歌！"

2019/10

伊沙点评：本诗是这个半月冠亚军的有力争夺者，之所以落败，大概是我的学生之故吧。一首好诗的背后是一组好诗，一组好诗可以说明韩书记已经走出低潮期。

第八辑　世界文明

白人

雇佣黑人

在世界著名的博物馆里

看守那些从黄种人那里抢来的宝物

——南人

姿势

阿煜

但凡我们这一餐
桌上有馒头
女朋友总会
把馒头皮扒下来
瓤放在一边儿给我吃
对此我只当是
女生的小任性
直到最近一次
当她掌着馒头皮
往里面卷菜时
我才看明白了
那是他们临沂
煎饼的吃法

伊沙点评：本诗也是半月冠亚军的有力争夺者，最终落败是因为成也个色、败也个色，有点太过个色了，但在这半月中绝对名列前茅。

在雨后的院子里

云瓦

儿子滑倒
爬起来后
被身上的泥
吓得哇哇大哭

2019/08/08

伊沙点评： 本诗也是半月冠亚军的有力争夺者，最终落败也仅仅是稍微有点小技巧之嫌，但已足够出色了，在这半月中绝对名列前茅。它证明了我在北京时对作者说的话：你无须把自己搞得土脏，也能写得好。

这件事母亲提起来至今都耿耿于怀

赵立宏

“文革”初期
在县里当服装厂厂长的
姥爷支持联字号
刚初中毕业的母亲
支持红字号
一次吃饭时间
父女俩政见不同
争执得不可开交
气得姥爷把
手里正吃着的一碗饭
扣在了母亲的头上

2019/07/02

伊沙点评：关于“文革”，只要有人不忘此事，只要有诗人在写此事，就说明不忘记历史。

世界文明

南人

白人
雇佣黑人
在世界著名的博物馆里
看守那些从黄种人那里抢来的宝物

2019/03/31

伊沙点评：很高兴，终于看到南人接二连三地拿奖了。说起来，这一方江湖并不像你们想象的庸俗与浮夸，即便是朋友给你发奖，也得先看你 20 年，看什么？当然是看你的诗！本诗是南人的弱轮，我觉得从总体写作而言，南人的诗意高点有点低，有点理科思维（化学系转来的），中规中矩。

体罚

查帅

前天下午
老师发现高云翼抄作业
便惩罚他到操场跑二十圈
可是外面正在下大雨
高云翼以为
可以逃过一劫
结果老师把他叫到办公室
让他在跑步机上跑了四十分钟

伊沙点评：首先声明，查帅的入典，并非来自他爹西毒何殇的助攻，而是来自李勋阳主编的《孩子的诗 2》。李从书中选出其优发给我，我看罢前一半选出五个孩子时发现：咦，这个孩子我认识，算是在我眼皮子底下长大的。本诗是大人写不了的诗，因为今天孩子的生活与我们当孩子时不一样，当然，又有本质的不变。

我等着当班长

卓佳馨

我们班
已经换了
好几个班长了
第一次换成了卢柯颖
可是她呢
每次上课讲小话
不到一周
老师就把她撤了
第二次又换上了王俊如
他也上课开小差
第三次又换了陈玉沙
她最近表现也不好
总去小卖铺买零食吃
我有一种预感
要是老师再换班长
就要轮到我了

伊沙点评： 这诗把我读笑了，真正好的孩子的诗，都是大人写不了的。没有《新诗典》，就没有00后诗歌现象，近来开始的是90后与10后的双代同时井喷。本诗来自李勋阳的助攻。

2019.11.14

苹果

庞嘉峻

有位老爷爷
送我一只苹果
不敢吃
因为
他对我笑了笑

伊沙点评：我的天哪！孩子的感觉真要人命，并且天生懂得“微言大义”——很明显，他们受到越来越多教育的过程就是毁掉这一切的过程。谁幸存，谁就是永远的诗人！李勋阳助攻。

2019.11.15

电影与总统

侯宛岑

我正
津津有味
看
美国电影
《变形金刚 3》
奶奶
走过来
说
特朗普
太坏了

伊沙点评：就让某代人某些人留在愚昧之中，下一代不会，孩子们不会——或者说一部分的下一代、孩子们不会，诗中的幽默说明了一切。不知是否李怪怂推荐之故，近期几个新人都太逗啦！

无题

笨笨 .S.K

一位朋友取完环
躺在手术床上休息时
说
这辈子
作为女人的使命
算是完成了

伊沙点评：不立项，无从比，自打“半月冠亚军”开评以来，我发现一现象：半路出家的口语诗人比根正苗红的口语诗人更有争夺的优势，因为在前者的观念中，诗总是要炸一下的；而后者在《新诗典》时代口语诗的消费热中，写得太安逸了，搞成了温开水，忘记了诗终究是核裂变。这不，证据又来了，这是 11 月下半月的冠军诗篇，人类对自身生命的洞见为大。

灯

刘川

偌大城市
一灯亮着

灯下跪着
一地人影

伊沙点评：半月亚军，刘川新高。妙就妙在灯下跪着的是满地影子，深刻出佳象，本诗很经典。

打喷嚏

张小云

来了个喷嚏
打不出来
仰头找阳光

2019/10/30

伊沙点评：《新诗典》里诗歌亲属多，从技术上说，我从不勉强凑佳话，一旦成为事实，我又愿意多说道说道，这是在宣扬价值观——事实上，诗二代的出现本身就是价值观的胜利！今明两天，推荐一对父子诗人，首先是父亲张小云。本诗最大的妙处就在下意识，无逻辑或曰反逻辑。本诗是这个半月中的上乘之作。

对话

张致臻

你喜不喜欢摇滚?
我很喜欢!
你喜欢哪支摇滚乐队?
喜欢 B'z
当歌迷有用吗?
有用，跟偶像到天涯
绝交吧!
为什么?
因为我也喜欢 B'z
啊?
你会抢我的海角

2019/01/13

伊沙点评： 多好！不只是诗好，少年时光中拥有摇滚，多好！这才是真正的少年！这孩子长大了，一定不会抱怨他爹张小云，说什么“我的少年不快乐”云云。当然，拥有诗歌，则更高级、更自主。

安检

摆丢

我提着儿子的画板袋
对安检员说："画板，不需要检了吧"
他说："我怎么知道你画了什么"
我打开画板袋掏出画板的一截
"你看，什么也没画，白纸"
他说："我是说，不知你袋里装什么"
我说："白纸，白色的纸"

2019/07/06

伊沙点评：在《新诗典》内外，在口语诗人笔下，安检这个题材出了形形色色的好诗。今天，摆丢再添一首。这种常态化的实力之诗，虽难以拔尖，却是一个诗人出诗集的基石。拔尖需意外，实力看常态，九年过去，土生土长于《新诗典》的摆丢，已然成为一员实力悍将！

2019.11.22

血指印

周鸣

我这辈子
只按过一次血指印
不是按在白纸黑字上
而是手指头
被草叶划出血了
自愿按在一张
准备用来擦屁股的
卫生纸上

伊沙点评：本诗来得奇崛，稍微有点故意之嫌，在这半月中绝对算上乘之作。周鸣在我微信朋友圈中写得勤，量很大，好诗率不高不低——如此状态，就足以保证《新诗典》每轮都有斩获了。

问

刘傲夫

水发
你写了那么多诗
最后拿到了
北京户口吧

2019/09/26

伊沙点评：写得好，实在！本诗在这半个月中亦属上乘之作。对于很多人来说，“北京户口”四个字可是非同寻常的，我想起已故诗人钟品拿到之后，在我和徐江两位被发配到外省去的老同学面前嘚瑟了一晚上。

群名

张明宇

媳妇将我们
一家三口的小群
由“三人行”
改成了
“三国演义”

2019.1.24

伊沙点评：好！幸亏没有多写一句，不知是否因为职业因素，张明宇容易多写几句，容易意义化，容易写漏，这回恰到好处。少写往往未达，多写则会掉底，口语诗讲的就是刹车，就是分寸。

交通局的绿化工

王犟

干累了
就仰起头看看
悬挂在高空的五星红旗

伊沙点评：《新世纪诗典》对中国现代诗的贡献是全方位的，只是有些成就更受世人关注而已，譬如：真农民诗人，九年下来，大约五个，王犟是其中之一。他们在《新诗典》内，被发现易，再成长难，整体状况难言乐观。所以，本诗入典让我有久违的欣喜！

俯视

李慧媛

上帝在天上
俯视着人们
可谁又在
比天
更高的地方
俯视着上帝

伊沙点评：孩子就一定不擅长形而上思维吗？本诗回答你：不！任何人（什么自封的“00后教父”之类），都别来跟《新诗典》争抢推助少年之功，你们推的是儿童诗，我在这儿推的是儿童、少年写的成人诗、现代诗——我的出发点来自教育学。父母绝不要故作咿呀学语腔去跟孩子说话，你们要把孩子当作大人，平等对话。儿童诗就是诗上的故作咿呀学语腔。本诗还是来自李勋阳的助攻。

羊

杨睿

放羊的人，真狠心
一鞭子又一鞭子
可怎么打，羊儿都没有
脱下一身大雪

伊沙点评：初读本诗，看得我一愣。如果从技巧上说，这个 12 岁的少女也玩得太高妙了：天衣无缝，大雪无痕，多少诗人玩了一辈子也玩不到这种境地。但我更愿意理解成一种整体的天赋，出手便有。李勋阳助攻。

电影

赵悦嘉

家里熄了灯
妈妈打开手电筒
奇迹发生了
墙上出现了一个巨人
给自己的脚涂药

伊沙点评：太棒了！啥叫“诗意”，这就是！如此诗意真是太强大了！如果不是及时总结现代诗写作班推得过猛的经验教训将“半月冠亚军”不再授予“新人”，本诗当得起。廖兵坤和李勋阳助攻的这一系列00后和10后，向00后先发部队敲响了警钟：大部队就要来了！单首质量丝毫不亚于先发者。

世界毁灭

朱哲卿

夜晚，外公进入梦乡
打起了响亮的呼噜
那儿有老虎在号叫
有马儿在跺脚
有大海的波涛声
有雷公的轰鸣声
那里还有风儿在怒吼
汽车在前进
突然一声巨响
是陨石撞了地球吗

伊沙点评：引用一下马非名言：这还有啥说的呢？再引用一下我的名言：才华是明晃晃的！不是用词的才华，而是创造事实的诗意的才华！如此才华，无人呵护，无人推助，就是大人的责任了。在 00 后和 10 后这个阴盛阳衰的队伍里，男孩更加难得，因为等到他们都成人了，情况就会颠倒过来。

照相

张艺凡

我和妈妈坐在医院的大厅里
一个坏了的日光灯咔嚓咔嚓地闪
我们摆好姿势
让灯来给我们拍照

伊沙点评：这几天来，李勋阳助攻的这一组小诗人备受称赞、好评如潮。这一首我预计不像前面几个获赞那么多，但恰恰是因为它更现代，更有现代诗的感觉，所以《新诗典》重人气，但不唯人气，“李白诗歌奖”评奖规则的改革正是如此。

乔治亚州的华人超市
——一部中国人的荷马史诗

吴雨伦

超市的大部
调料　米面　锅碗瓢盆
超市的尽头
寿衣　黄纸　死亡

伊沙点评：90 后的时代来了！从《新诗典》这块中国现代诗的主阵地来说，先是迎来一个量的井喷，现在在质上在拔尖之作上又展现出来。12 月上半月推荐诗的“半月冠亚军”被 90 后诗人包揽，本诗是冠军之作。似乎但凡有点思想的口语诗人，都能在海外题材上有所作为，突现突破，这么书写海外华人的英雄史诗，我真是没见过。

要求

刘斌

剧组开机
吸引了一大群看热闹的
附近的居民
开机后
每天都是这些人
抢着来当群众演员
一天二百
没有台词
他们也不在乎
只为看看明星
化妆发朋友圈
直到有一天
副导找人演警察
他们提出了要求
演警察
只要让他们嚷嚷两句
就不要钱

2019/09

伊沙点评：半月亚军之作，本诗的厉害在于发现能力以及微言大义：从片场群众演员的古怪表现中挖出国人对于权力的顶礼膜拜。作者刘斌作为 90 后第一个入典的男诗人终于熬到了自己的高潮期，他这一年的整体表现应该成为年终各青年诗歌奖的热门候选人。

2019.12.3

甲虫

袁源

1915 年卡夫卡写信
给莱比锡库尔特 · 沃尔夫出版社
讨论即将出版的《变形记》
“封面上可千万
别画上那只昆虫啊”
定稿后封面图像
是一个青年
哭泣着走出家门
2018 年上海译文出版社
四十周年社庆
出纪念版《变形记》
在封面上
一口气画了九只甲虫

伊沙点评： 这是一首由二手材料写出的佳作。人的有限性决定了不可能所有的诗都由一手材料写成（这样写也太窄了），那么二手材料如何写好就成了大课题，我想起诗人出身的当红编剧邹敬之（老《诗典》诗人）在电影《一代宗师》中的台词：比想法——对，二手材料就是比想法，想法好诗则优。

勉强书 · 诗

2019.12.4

徐江

如果没有诗，我们不过是医院病房里，那一个个的病人。

或者走廊里、候诊大厅，一个个排队待诊的病人。

或者田野上，剧院里，长街车龙里，集市里、写字楼中，一个个浑然忙碌着，缓缓被光阴的滚梯，送往未来诊室的，病人。

伊沙点评：不分行诗，在我看来，都是散文诗。《新诗典》的大门始终为其敞开，《新诗典》的园地始终有其一席之地，只是写得好的文本太少了。散文诗更需要现代化，本诗算是一个收获。至此，沈唐马徐，四位满额诗人，在本轮又全过关，继续满额。越高端，越珍惜，便更高端，良性循环。

做买卖

梅花驿

他上山拾柴火
上午一捆
下午一捆
扛着走七八里路
到镇上卖
别人给他五元
他收三元
别人给他四元
他收三元
老乡说
他的脑子坏了
他不知道
全县很快就要
禁烧柴火

2018/12/17

伊沙点评：土派似乎遭遇了瓶颈——你不能永远靠黑乎乎的现实恐吓人，骨子里却是取悦谁的媚态，“河南王”梅花驿便棋高一着，他反其道而行之，用冲淡的写法制造一种疏离感，反而效果更佳。

第九辑　圣诞夜

这时我听到
所有的老人
停下刀叉
抬起他们苍老的面庞
一齐说了一声
Merry Christmas

——侯马

爱乐之城

庄生

当年
在租住的农民房里
用手提电脑
看《海上钢琴师》
写了一句话影评：
“我想找一个跟我泪流满面
看《海上钢琴师》的女人”
现在我的女人
坐在我的对面
喝着咖啡
让我去影院
重温这部影片
而她回家
带孩子

伊沙点评：庄生的16.0——也就是说，这是他进的第十六个球，《新诗典》只负责记录你进的球，不管你丢了多少球。我的意思是：庄生后卫线的篱笆扎得不够牢，在场外丢球有点多，而所谓“外界印象”是得失球之和。

难忘的瞬间

蛮蛮

大一入学那天
在学院的迎新册子里读到
《饿死诗人》

《我在什么地方打动了你》结束后
逃课听诗的同学
被辅导员叫去训话
次日听说训话内容

研一的一场讲座
我坐在最后一排读《中国口语诗选》
前排的同学好奇借走
又在半分钟内还给我

我的诗获一等奖
速借速还诗集的同学
对我露出慈母笑
夸我的诗可爱

一位中学语文老师对我说
我喜欢口语诗
但我不敢公开喜欢
因为我的同事领导都欣赏不了

失联多年
知道我现在写诗的朋友问我
都说这是一个饿死诗人的时代
你怎么看

伊沙点评：对于西外学生，我可不怕你们不想当诗人，因为想当的正在当得更好，必然会有人成为中国诗坛的重要诗人。蛮蛮的诗，没有沿着“更巧、更绝、更聪明”向下发展，而是忽然“更实、更拙、更走心”——这是对的！

车餐

茗芝

为挤出时间
预习
复习
背书
做作业
写作文
传语音
我的早餐晚餐
都是在
妈妈开着的
送我接我的
小车上吃的

2019/11

伊沙点评：令我高兴的是，像游若昕、茗芝这种00后的先发者，都在今年开始告别亮诗感、抖机灵式的初级阶段，开始面对当下现实写人生。本诗十分典型，做平凡、正常的学生（而不是做什么小诗星），去吃你该吃的苦，去抗你该抗的压，去读你该读的书，此为中国娃娃成长之正道。

变异

莲心儿

在医院养的花儿总变异
白色的蟹爪兰开着开着就有了粉色的
粉色的玻璃翠开着开着就有了红色的
黄色的海棠开着开着就有了白色的
这次开了快一个月的龙吐珠
紫色的花朵开着开着居然又有了几朵蓝色的
我能不能也变异呢
长出一双能走路的腿来

2019/06/10

伊沙点评： 本诗是这半月中的上乘之作，冠亚军的有力争夺者。事实上，左右和莲心儿在残疾人题材的写作上已经达到了世界水平——别人连面对都不敢面对的题材，让他们得以飞升，我为这两位诗人出于并成长于《新诗典》而骄傲！

取暖

张敬成

那是乡下一种叫挤油的游戏
冬天冷的时候
棉衣棉裤还没做成
穿得都很单薄
西北风嗖嗖刮来
割人生疼
一下课我们一群小伙伴
分两队靠墙
往中间一起挤
谁挤出来就站在队尾
重新挤
上课钟一响
我们满头大汗
呼着白气跑回教室上课
牙齿就不再打颤了

2018/11/07
2019/07/18 改

伊沙点评： 类似的游戏我小时候也玩过，名字叫“骑驴”，当年玩的时候并不觉得有什么，现在读诗，却全是辛酸苦楚，甚至有点触目惊心。游戏虽然好玩，愿此一时代，永远不再来！

2019.12.11

不敢点菜

桃子

三个朋友坐在一起
你看我　我看他　他看你
谁都不加菜
谁也没吃饱
因为
没说好谁买单
二十岁的我们
都很穷

伊沙点评：昨日推荐张敬成《取暖》，唤起了大家多少共鸣，真乃史失求诸诗——要想了解中国的今天与过去，请找《新诗典》。本诗也有相同的性质。当外界对90后一代人正在概念化时，90后诗人用诗发声，表明这一代很正常，并非概念化的那样。

诗人的非正常死亡

孙虹凌

2019.12.12

昨天去新华书店
买回胡亮编著的
《永生的诗人》
书中所列
从海子到马雁
还有骆一禾方向戈麦
还有顾城麦可马骅
还有余地
不包括张紫宸辛西陈让
他们均以不同的方式
告别世界
他们中间
没有一位是口语诗人

伊沙点评：我们在私底下议论过的话题，被一个陌生人写了，我自然会觉得好。这是非常强大的事实的诗意，谁先写就是谁的。好在作者没有去寻求答案，天机不可泄露。

无题

龙广

小鬼子
汉奸
伪军
八路军
妇救会
儿童团
都带着家伙
坐在一起吃饭　闲聊
没有敌意
没有恨
一团和气

在片场

伊沙点评：12 月 13 日是南京大屠杀纪念日，也是我心目中最大的国难日之一。我刚想：应该推荐一首合适的诗，本诗便被发现了，从宣传的角度也许还不够，但于现代诗来说则毫无问题。

一言九鼎

方塘

2019.12.14

那个
只喝 53° 酱香型怡宝的领导
进去了
我想起
有次饭后
他面红耳赤地说
反腐工作
从我抓起
就觉得
领导的话
果然一言九鼎

伊沙点评：伴随现代诗的发展，一直有人在嚷嚷“中国性”“中国经验”，殊不知脱离了中国现实，这些都是空谈——也正是在这一点上，后口语诗把其他诗拉开了。

陈科长

朱小牛

自从去年提拔成副调研员
我们称他为陈副调起
他就改变了
二十年如一日
逢人主动笑一笑的
习惯

2019/11/25

伊沙点评：我才疏学浅，不知 58 岁退居二线制度的动因何在，但显然它给我们写诗或写小说的提供了观察人性的良机。我记得以前我们一个老书记的做法是：与我面对面就要相遇时突然拐弯了，一贯高调做人的他忽然变得不想见人。本诗观察表现也细，真实得就像生活本身。

六秒钟

匡鸿羽

嘀嗒
嘀嗒
嘀嗒
嘀嗒
嘀嗒
嘀嗒……
每六个嘀嗒过去
全球就有一个
儿童消失在饥饿中
所以——
请不要浪费粮食

伊沙点评： 本诗像一个文字版的公益卡通片，宣传粮食的珍贵，“救救孩子”的呼吁由孩子发出，显得特别尖锐。我没有统计这是第几位入典的 10 后诗人。总之，在 2019 年，10 后诗人形成了现象。

2019.12.17

姥娘

李锋

姥娘裹过小脚
走路外八字
小碎步
像踩了高跷
顶多快走几步
不可能跑
我见过她
裹残了的
脚趾的样子
冬天的时候
她用做晚饭时
烧锅的灰烬
埋半截砖
等要睡了
用铁钩子扒出来
把灰吹一吹
裹上几层布
放进被窝
暖那双
小脚

2019/10/05

伊沙点评：去年我问过李锋：在你评点过的诗人中，《新诗典》诗人比例几何？他回答：95% 以上。他早就是《新诗典》诗人的朋友、我个人的朋友了，我甚至把他梦作典人。今年中原诗会，我们初次见面，他没有“订上货”——我这个人就是如此，科学家之子在业务上比较理工男：刻板、较真、讲原则，受得了就受，受不了就别受。我朋友虽多，流失率却不低，无非也就如此吧。李锋显然是受得了的，一如既往，今天他的日子来了，可以抬头挺胸、大踏步地步入《新世纪诗典》的殿堂，凭一首颇具文化含金量的诗，我想所有被他评点过的典人都会为他高兴。

把幽灵放进垃圾桶

公子琹

我在朋友圈写道
今儿的风可真大
我看见
白色的塑料袋
像幽灵在低空飘过
一个知道我写诗的朋友回复
把幽灵捡了放垃圾桶去啊

伊沙点评：世无捷径可走。三年零七个月前，公子琹属于刚一入典又被选入五年精选《当代诗经》的极少数几个幸运儿之一，看起来很“快”，但他从 1.0 来到 2.0 又花了三年零七个月的时间，又“慢”了下来。诗之路便是人生路，神秘莫测，不以快喜，不以慢悲，自有定数。

2019.12.19

真实的国史

赵俊杰

真实的历史是
天气史
农业史
宗教史
科技史
巫术史
战争史
建筑史
音乐史
医学史
玉石史
田野调查史
动物迁徙史
河流改道史
刑具演化史

2019/11/14

伊沙点评：从 1.0 到 2.0，赵俊杰用了三年零两个月，用本诗——一首力作实现了升级。我对他的忠告是：不要跟任何有垃圾倾向的人混，他们会让你的文字变脏——还不是秽语症，就是文字质量不高。望能以本诗为转折点，迎来一个高速前进期。

碑文

北浪

2019.12.20

我的小学老师
五十二岁脑溢血去世
三周年到来之际
请市上一位作家撰写碑文
在一大堆材料中
他没有找到一个
上级组织授予的荣誉
就把我写的初稿里
德高望重四个字
删掉了

伊沙点评：从 1.0 到 2.0，北浪用了四年零三个月的时间。我记得中间来过一次“长安诗歌节”，也未“订上货”。从整体上看，他所在的陇军在现代诗这条路上多有不顺，犹似“走三步退两步等于走一步”的老者，说穿了还是在如何做现代人这个根本点上做得还不够，在诗上便摇摆不定、多有反复。希望本诗成为新起点。

渐入佳境

默问

有个诗坛老前辈
行话叫“老诗骨”
私下问我
写诗多久了
答：一年
怎么感觉像十年的
答：哪里哪里
这一年你有什么变化没有
答：刚开始没觉得
后来不愿说话
不愿见人
现在
有点抑郁……

这就对了
他拍案而起
这才是诗人的最佳境界

伊沙点评：我把这种诗私下称为“观念对抗”，我又是其在中国最早的实践者和开风气者，所以有资格谈论它：对方骂你一句，你不反驳，会带起八个庸人骂你。你若反驳，这八个人有四个会犹豫。你若用诗反驳，它就变成了文化，冲击了陈腐的旧观念，做出了自己应有的贡献——这就是我看不起诗内外肥鸽的学理。

2019.12.22

雪后

虎子

清晨
几个小沙弥
在寺院门前
堆雪人
小雪人
栩栩如生
头上都有
九个小红点

2019/02/17

伊沙点评：冬至到，中国幸有口语诗，才在诗中能吃到饺子，想想后怕吗？在此之前，饺子入不了诗，饺子无诗意，饺子非诗！当饺子诗霸屏时，本典转而推荐一首写雪诗，一首唯美的纯诗（禅诗），是这半月中的上乘之作。

2019.12.25

食堂大叔

江睿

食堂打饭菜的师傅
可真有意思
每次舀菜时
食堂大叔的手就会抖啊抖
我的心也会跟着食堂大叔的手
抖啊抖

伊沙点评：估计本诗要唤起读者广泛的共鸣，这貌似是公共食堂师傅们的常规操作。处理日常生活经验对于这一群 00 后来说已经驾轻就熟。

哀鸣

潘洗尘

麦穗在镰刀下
蝉翼在秋风中

如果听懂了
就是得救

如果听不懂
就是哀鸣

2019/09/27

伊沙点评：奖项也是坟墓，多少人的创作之盛到奖戛然而止。在“李白诗歌奖·成就奖”已经产生的八位得主中，潘洗尘属于得奖诗更好的佳例。这次投来一组质量很高的抒情诗，我选中的是其中抵达智慧的一首。平安夜推出的诗人，新的一年，平平安安！

寒鸦戏水

水央

小雪
学生快来了
我揭开琴罩坐下
把这台去年从中国
运来的新古筝
转轴移码调音
右手指尖
在上面轻轻拨刮
五只白色的鸦鸟飞落
在二十一根刚解冻的弦上
游动嬉戏开来

伊沙点评：圣诞节，没有比放一位旅外的中国诗人更合适的了，没有比推荐本诗更合适的了。这是世界的中国诗，当中国元素建立在事实的诗意上，显得那么自然那么美好，于是便有了教科书般的展开。水央还会写得更好，因为她信奉《新诗典》的价值观。

再多写一首

刘一君

每到月底的时候
看看很少的几首诗
我总要对自己说
再多写一首
再多写一首
就像辛德勒
对那些获救的犹太人说
他本来
能多救一个
再救一个
现在
一首诗
也是一个人

2019/09/29

伊沙点评：在《新诗典》迄今1056个诗人中，坐实了电影人身份的目前只有刘一君一人，所以他在诗上的坚持，就是在捍卫这种职业对于写诗的保障性。如此说来，他写不写，真如本诗中说得这么严重。

2019.12.2

锯木头

周瑟瑟

锯子有锯子的牙齿
在我的眼里
锯子是危险的凶器
想必你那时已经成年
而我还是一个孩子
咯吱咯吱咯吱咯吱
阴郁的天气里
湖南响起锯木头的声音
我一生都喜欢细碎的木屑
我一生都喜欢咯吱咯吱
咯吱咯吱
锯木头的声音

2019/11/24

伊沙点评：对任何人来说，诗歌创作中都是沙里淘金的活儿，只是对周瑟瑟有点泾渭分明：沙走沙路，金走金路，就像事先规划好似的。恕我直言，如此情况，要么太过聪明，要么才气不足。当然，《新诗典》只收金子。本主持咸阳推荐。

诗孩

李异

在商南
山脚下
凌晨三点多
入睡没多久就
接到家里电话
女儿发高烧了
我妈一个人
手忙脚乱
不懂拧开退烧药的瓶盖
急得我
跑到卫生间里
大吼大叫
同屋艾蒿的女儿
第二天
也是高烧不退
他妈斥责他
只顾在外面玩
我听到
艾蒿也是急得
从诗会现场
跑到楼道

大吼大叫
接下来的读诗环节
我俩的诗
都像发了高烧
一蹶不振

伊沙点评：几年前的李异，绝不可能写出本诗，所以本诗对他个人写作生涯意义重大。是现实生活把一个典型文青带入人间烟火，但假如这个文青的诗歌观念不先进，诗歌武器太落后，也万万不能。本主持咸阳推荐。

女人是水做的

冈居木

调皮的外孙
把茶几上的水杯
碰翻
他妈妈
一巴掌打过去
哭声遍屋
我找来抹布
发现桌面上的水
正伸着五指

伊沙点评：年末轮末好诗多，这个半月冠亚军之争非常激烈。本诗是距其最近的落榜者，也就是实际上的第三名，好在事实的诗意达到极致，几近神出鬼没，问题在有一点刻意的痕迹留下。本主持陕西茂陵推荐。

2019.12.31

中巴车上

伊沙

老头上车后
一直怀抱
一个物件
他要不抱
司机也不会问:
“抱的啥？”
“没啥”
“我问你
抱的啥？”
“没啥”
司机急刹车:
“为了其他乘客的
生命安全
今天你必须说清楚
你怀里到底抱的啥？！”
老头悠然答道:
“二——胡”

伊沙点评：主持人伊沙劝诗人伊沙：别争了，自己当裁判，有啥争的？诗人伊沙还在争：临近选稿期，又悄悄换了一次入典诗，只为增大取胜的砝码。口头荣誉（只为刺激出杰作），还是较点真吧！半月冠军，因为它：写满了！熟透了！如果你问我后口语诗发展到今天标准的样子，我会指给你看本诗，从结构到技巧，从思想到语言，从成色到效果，你便知道冰冻三尺非一日之寒！再见，2019 年！

西安月亮

维马丁

清真泡馍

2019/04/17

伊沙点评：大感动，大震撼！据我所知，我的这位洋朋友并非虔诚的基督徒，但他毕竟来自基督教传统国家，来自欧洲主流社会，来自典型的西方，他能这么写，并且写得如此之妙，非常了不起！这是真正的诗人——不，大诗人本色。不愧是新鲜出炉的第十届“长安诗歌大奖·现代诗成就奖”得主，也直取本典 2020 年 1 月上半月冠军！

2020.1.2

虚张声势

左右

经常有人
把头靠近我耳畔
手掩着嘴
大声
告诉我
一些很小的事情

伊沙点评：半月亚军。我本来想说，在耳朵周围一米见方之内写诗，左右在这个地球上无对手，但发现这样的评语并不全面，他是把废弃的耳朵改造成了测试世相人心的雷达。

圣诞夜

侯马

在德国的腹地
茫茫雪原中
一座孤零零的
假日酒店
客人全走光了
只有一个中国旅行团
和一些不知为何不回家的老人
我穿过餐厅时
对其中一位手持刀叉的先生
说了一声
Merry Christmas
这时我听到
所有的老人
停下刀叉
抬起他们苍老的面庞
一齐说了一声
Merry Christmas

2019/10/03

伊沙点评：初读本诗时，我想起专以教训中国作家为能事的德国老头顾彬，他说莫言、余华等中国作家笔下没有人，先不论他们有没有，中国诗人侯马笔下有顾彬的同胞——德国人，这该怎么说？中国诗歌真先锋——后口语诗已经让歧视中国文学的言论瞬间失效：关注人、关怀人，对后口语来说是最起码的。

2020.1.4

台湾来的现代诗前辈

君儿

陈克华
在江南诗会的前两场
并没订上货
到太湖岸边
“心上的书店且停停”
他突然读了
此行中写的一首口语诗
边唱边读
终于订上货
伊沙殷殷嘱咐
希望他把口语诗写作
带回台湾
又不免担心地提醒
你这样写了
你的朋友宝岛其他诗人
会不会不高兴啊

伊沙点评：君儿本是一位优秀的抒情诗人，甚至是中国最优秀的女诗人之一，却执意要把自己改造成口语诗人，她成功了，否则写不出本诗。就这么区区一首短诗，点出了台湾诗歌发展中语言滞后的问题。陈克华 1984 年的诗在先锋意识上在中国诗人中是遥遥领先的，但是到目前他在语言上仍需向大陆一般后口语诗人学习。

盖戳

朱剑

这位诗人
新出的诗集
并无质的变化
歌功颂德依旧
陈词滥调依旧
除了封底上
多了一个二维码
像早市卖的
猪屁股肉上
盖的蓝戳戳

2019/09/20

伊沙点评：说句绝无夸饰的话，如果中国现代诗中有怀疑与批判在，在世界诗林中便立住了，无此便可有可无，甚至不能列入现代诗。本诗是对“口号诗人”的最新批判。

第十辑　虎山行

整座山都异常安静
塔中刻有粗拙的花鸟
我伏在上头
白练似的江水
波光充盈山头的老虎
也充盈塔中的花鸟

——袁魁

只能相信

庞琼珍

列车员查票
才知邻座是去报到的
女大学生
我不禁老生常谈
在校多学一点
出校后日子就好过一点
我知道这不全对
但对我和她
普通人家出身的孩子
只能这样相信

2019/08/30

伊沙点评：对《新诗典》来说，逢百只能算小节点，可3200首的节点小吗？我愿意带着这份成就感去维也纳，重访中东欧。今早我逗同团诗人庞琼珍：你在我家煎出过世上最丑的煎蛋，这次出访给了你平反的机会。结果她晒出了今早把煮蛋搞砸成烤蛋的照片，看来她跟蛋有仇。本诗朴素、实在、入情入理，诸种境界都很高。

汇报

寒玉

食堂管理员
大老王
周一例会上
汇报
年底检查多
附近村里
小笨公鸡
买不到了

伊沙点评：我提醒自己：不能因为这样的事不够新鲜（说明已经普遍），而责怪诗人创意不够，现实就是如此。现实太过强大，我们不能麻木！本主持新疆乌鲁木齐推荐。

县长

五月牛

上个世纪六十年代
老张家里孩子多
生活十分窘迫
无奈送人一个
有一天晚上
要孩子的人来了
老张就像抓猪一样
从睡熟的孩子堆里拽了一个
就送给了来人
谁知四十年后
他竟然当上了县长
而其他的八个孩子
没有一个有出息的
老张恨这只手
真臭

伊沙点评：残酷现实主义加黑色幽默加中国质感——如果说人类文学史上所有有价值的现象都在中国口语诗中灵光重现，那么反口语诗的人，你们是什么？本主持维也纳推荐。

无题

菊城阿萧

今天早上
我盗了伊沙的一张照片
发朋友圈
《中国口语诗年鉴》的
部分编委
相聚商南
都是中国口语诗的
标志性人物

一个写
抒情诗的诗人
给我发评论
“关你什么事”
一个卖白粥油炸糕的
老板娘
给我发的评论是
三朵玫瑰花

伊沙点评： 写口语诗——不，所有诗，真实感有多重要？本诗之所以能打动我，就在于结尾处老板娘的表现，与之前那个诗人的对比符合我对人的认识经验。本主持维也纳推荐。

虎山行

袁魁

有一天我走在山腰
山下有老虎在叫
他们把它关在笼子里
它叫了起来
我也学老虎叫
我从山腰叫到山顶
在宝塔底下
老虎终于不叫了
可我还在叫
啸声从塔基绕上塔顶
整座山都异常安静
塔中刻有粗拙的花鸟
我伏在上头
白练似的江水
波光充盈山头的老虎
也充盈塔中的花鸟

2019

伊沙点评：从孤立的文本看，本诗很好、很独特、很惊艳，但从整体写作看，我却不免有点担心：这是飘在空中的写作，需要尽快落地——我想到在《新诗典》老诗人中，周瑟瑟也是如此。本主持奥地利因斯布鲁克推荐。

2020.1.16

买鱼记

安雅微

阿婆
把鱼的所有
都弄了
好几分钟后
鱼还在使力
摆——摆——摆
不像我
什么都没弄
就不摆了

伊沙点评：多好！来自生活的诗，跟一些张牙舞爪、以狠狠狠取悦读者的诗相比，真是天上地下，出自 90 后之手殊为难得。本主持维也纳推荐。

澡堂歌星

第一闲人

年轻时
一年四季冷水
习惯澡堂高歌
嘶哑独特的嗓子
也赢得一些听众
有人建议我拜师
改掉跑调的毛病
说不准能成大器
没料到生活里
澡堂消逝那么快
一个人冲凉
唱不出词来
优越的条件
埋葬了
一个澡堂歌星

伊沙点评：本诗来自江湖海在中东欧前线的火线推荐，一组诗中有两首过线，因为本诗题材更新，首次出现而入典。不仅题材新，也很有文化厚度。本主持布拉迪斯拉发推荐。

2020.1.15

祈愿

周芳如

中秋节过后
我们在海边聊天
两个闺蜜都想听我
讲前任的故事
我正断断续续地
讲一讲，停一停
琴琴抬头
看到月亮又大又圆
赶紧从包里翻出来一个拖罗饼
举到额头
恭敬地说：
月亮姑
你要保佑我
早日发达
我不要男人

伊沙点评：一句“月亮姑”，本诗分长一半；一句“月亮姑”，南方诗歌成立；一句“月亮姑”，只能是好口语诗人所为。啥叫口语诗？就是语言疆域更辽阔，语言运用更灵活，语言属性更人性，语言张力更弹性。本主持维也纳推荐。

抒情诗人如是说

白立

长安诗歌节上
一位抒情诗人
偶然参加了某场
长安诗歌节
在读自己的诗之前
解释说：
我是写正能量的
只会正着写
不会你们的旁门左道
今天试着读两首
自己客串的口语诗
算是玩票

随后
依然读了两首
抒情诗

伊沙点评：真实，太真实了！我是现场见证者。本主持维也纳火车总站厕所中推荐——这是有史以来主持人与作者距离最近的推荐，我们蹲在一板之隔的空间里。

独立出来

图雅

提子被叫成提子的时候
它是骄傲的
似乎从葡萄的家庭独立了出来

车厘子被叫成了车厘子
它是骄傲的
似乎从樱桃的家族独立了出来

我被叫成了诗人图雅
我是骄傲的
从别人的从属关系里独立了出来

2019/09/20

伊沙点评：昨日白立，今日图雅，都拿到了本次《新诗典》诗人中东欧行单场亚军，在维马丁的重压中突围殊为不易。我对本诗的现场点评是：如果都按前两段这种套路写到底就是新诗，但最后一段来了一个大逆袭，完全来自个人的体验与思考，并不是随便谁都可以写出的。本主持维也纳推荐。

我的婚姻状况

赵克强

要不是这次办签证被拒
还真不晓得
离婚一年多
我户口本上
婚姻状况栏
依然是“有配偶”

不是健忘啊
前几年有配偶
跟没有一样
习惯了

2020/01/04

伊沙点评：被奥地利使馆拒签后，赵克强一直在自寻原因，离婚以及离婚后户口本上没改过来是其找到的原因之一。我想本诗的指向冲着婚姻的内部而去，敢写这个年龄段的老男人不敢写的人生窘态是赵克强之所长。本主持维也纳推荐。

1976

高歌

我爸说
他送的最轻的礼
是在抗震时期
跟着村支书
给公社书记家
拉去了一地排车
麦穰

伊沙点评： 这些记忆值得反复书写，因为它构成了我们民族和国家真实的历史，但是没有后口语诗，就无从表现，硬表现准变味儿，最终是题材检验了形式的先进与否。本主持维也纳推荐。

2020.1.24

七十多岁的爸爸在喊他的妈妈

沈浩波

鼻子里插着胃管
和吸氧管
身上插着导流管
和尿管
还挂着两根输液管
爸爸满身管子
一会儿昏沉沉睡去
一会儿呻吟着醒来
就算睡着时
他也难受得
不停地喊：
妈妈
妈妈
妈妈

而他的妈妈
已经去世十六年了

2019/12/01

伊沙点评：从今天起，进入拜年单元，首先有请《新世纪诗典》理事长沈浩波向1061位《新诗典》诗人拜年！本诗是元月下半月亚军作品，它最突出的一点是第一段中的这一大堆管子——这是口语诗强大的语言造形力的充分体现，给人震撼之感，甚至压倒了本诗的诗眼。本主持维也纳上德布灵区推荐。

死亡之美与微型扬声器

唐突

下楼去丢垃圾
路上看到

一只死去的蝉
我蹲下来

一只死去的蝉
还如此之美

我还没有研究过的
死亡之美

旁边的
银杏树上

另外的蝉发出
震耳的声音

我建议有人研究一下
蝉的发声结构

制造一种微型的
高效扬声器

2019/07/19

伊沙点评：元月下半月推荐诗，是我在中东欧行中选的，有两个半湖北诗人入选。九天前北方小年推荐绿天时，大疫尚未弥漫，形势还不危急，但是今天却完全不同了，本来留着老唐突是想让他向 1959 年以前出生的《新诗典》老诗人拜年，现在却不得不请他向湖北诗人拜年——是的，无论典内典外，向所有湖北诗人拜年，祝福他们：即使为了诗歌，也要挺住！

两条人命

黄海兮

两家人住隔壁
互相骂架
东家的猪吃了
西家菜园的白菜
于是，西家的女人
撒了农药毒死了猪

东家把死猪抬到了西家
西家的女人
于是喝农药死了
西家把死人抬到了东家

东家的女人
于是上吊死了
东家接着把死人抬到了西家

一头猪和一条人命
比起另一条人命
他们都在议论
谁家的损失更大

2019/08/20

伊沙点评： 我在昨日推荐语中提及元月下半月推荐诗，有两个半湖北诗人入选，这“半”指的就是黄海兮。他可以算是客居长安（西安）的湖北诗人，也可以算是根在湖北的长安诗人，他确实与湖北有着千丝万缕的联系。本月之内，他还回过湖北，回来之后自觉隔离在家——这也是我当机立断宣告“大长节”无限期休会的灵感所在。今天，我们请他向全国所有疫区（除了西藏还未见病例，其他地区全都包括在内了）的《新诗典》诗人拜年，病毒猛如虎，希望他们不要忘了诗人的责任！

笔名

苇欢

2020.1.28

又到了一年一度的
教职工考核
我把去年荣获的
第八届“李白诗歌奖 · 翻译奖”证书
拿给院办老师认证
证书上我的笔名“苇欢”
字号最为隆重
她打开一看
又给回我
“没必要交送校科研处了
获奖人都不是你”

伊沙点评：中东欧行，我跟白立在厨艺上完胜女诗人，但我们并不是各自家庭的主厨，天下绝大部分家庭的主厨一定是其主妇。这个年，当所有人都扎堆在自家隔离，主妇更累。今天有请苇欢向所有《新诗典》女诗人拜年！她诗中所写也是我常遇到的。有一年，我将新译的泰戈尔上报学校成果奖，学校对我的回答是：跟你专业不对口——就好像我不务正业似的。

2020.1.29

我每次到我爸爸家

海菁

我每次到我爸爸家
他都少不了
要说中国人是世界上最厉害的
我听得烦死了
如果没有爱迪生
可能我们现在
还在用油灯和蜡烛

2019/10/13

伊沙点评：大疫之中最让我揪心的是一个 9 个月大的感染者，救救孩子！保护好孩子，是当务之急。《新诗典》也是一个包含了未成年人的小社会，有请 9 岁的海菁向未满 18 岁的小诗人们拜年，望他们在大疫之中保护好自身并得以锻炼成长！本诗的存在真是对那些假大空伪爱国的灾难诗的莫大嘲讽！

2020.1.30

土司儿女

李勋阳

今天是鲁迅
一百三十八岁诞辰纪念日
有个已经毕业的女学生
在我朋友圈下面跟帖
“今天也是乾隆
的诞辰纪念日”
我毫不客气反问
“一个土皇帝
你纪念他
作甚
作其
作甚？”

我听到
云南一千四百个坝子
都在回响
我这个质问

伊沙点评：拜年单元戛然而止，因为今明两天推荐的诗人都实在不适合派去给人拜年：今天这一个，武汉一封城，他就在棣花镇的街头支了张桌子，挂牌给人看心病（洋名叫“审判灵魂”），间或大骂中医。若把他派去拜年，他会进门就对人家说：你家娃要挂咧——是这样的：别学成了鲁迅笔下人物，骂棣花镇酸腐文人自己却成了另一个。

一双好手

江湖海

听老一辈的人说
我的堂叔
天生有双好手
周岁时
算命先生拿捏着他的小手
欲说还休
堂叔十几岁有了些
江湖名气
渐渐成为全国扒窃界的高手
堂叔曾对我说
他三次进牢房都是他
故意失手
他想通过坐牢戒掉扒瘾
可每次出狱
回家路上就忍不住又扒了
八十岁的堂叔
上个月一个人烧火取暖
整个儿
把自己烧成木炭
一双手
却完好无损

2019/12

伊沙点评：又是一个虽有喜感但不适合派去拜年的人物，江湖海若到村里挨家拜年，一圈拜下来，全村人都知道他的家史：结过几次婚，家有几个娃。此次中东欧行，我等听了几火车。虽然他有给人送春联的优势，但还是不适合给人拜年。本诗是中东欧行单场冠军作品，此次由于维马丁可派英语诗译作出战，表现堪称统治级（拿走了一半冠军），中国诗人的冠军拿得很辛苦，全是高质量。

淤青

起子

大学时油画人体课
画过一个女模特
有一天她来到课堂
脱了衣服
摆好前一天同样的姿势时
我们发现她
胸口有几处很大的淤青
她说是老公打的
并满怀歉意地跟我们说
“你们可以先不画这里
等两天我恢复了
你们再画”
直到课程结束
她的淤青都没有消失
但我们谁也没有画这些淤青
我们接受的美学教育中
淤青是不存在的

2019/07/15

伊沙点评：此诗为 2 月上半月亚军作品。如果我没去过俄罗斯，我肯定根据历史知识把中国学院美术教育的问题归咎于苏联，但是去过了就知道，我们连皮毛都没学到，根本上还是我们老祖宗的问题——多去国外看看，传说中的老祖宗便可疑起来、虚无起来——把淤青留白，就是中国人认为的美！

老年作家

唐欣

晚上下课　母亲的电话
就打来了　你到哪儿了
我明白　是她又记错了
误以为我已在回家途中
如果有人把回忆和想象
梦境与现实　混淆在一起
我们会赞许　这精妙的文学
头脑　到了晚年　母亲轻易达到
听她坐在　清晨花园的长椅上
微笑着　讲述多少有点离奇的
故事　我想　或许可以把这些
当成某种创作　但她的儿女们
真的能成为　理想的读者吗

2019/08

伊沙点评：唐欣惊险保满额，让他保住的是情感。写了大半辈子诗，我还是觉得诗人有典型性性格（现代与古典的分期并未改变这一点），而老唐恰恰不是。岁数加剧了他在这方面的劣势，有一点在这次来稿中很明显：你写时不激动，我读时是不会激动的，而全写叫人开脑洞的智慧诗，又谈何容易！

起风了

张小云

对着自己十几年前
种下的这排银杏树说
你们可要挺住啊
这批远方来客
可是专程来
看你是怎么黄的

2019/11/13

伊沙点评：妙！有人哭着喊着要写禅诗，他们对禅诗的理解还停留在一定要把周围环境布置成佛堂，殊不知，道在屎溺，这才是真正的禅诗。张小云对《新诗典》推荐诗逐首进行“以诗评诗”，纯粹是为同行服务，因为这种就诗论诗的诗，很难入典。

风水

李岩

木头峪村人文鼎盛
剧团也兴盛
我们一大早在冻得
刀子割的黄河滩上
两次遇见吊嗓子的五十岁的男人
看上去顶多四十来岁
佳县晋剧团就是由
木头峪群众剧团原班人马
组建而成
也出过延安歌舞团
陕西歌舞剧院名导演
西安易俗社书记
早年风水先生
从渡口西望村落后山
说木头峪要出一个帝王
后来几百年
人们慢慢品见
帝王是真的
不过是戏台上的帝王

2019/12/18

伊沙点评：我说过，获奖对有的人来说是起点，对有的人来说是中点，对有的人来说是终点。李岩去年获了“长安诗歌奖·成就奖”——真正的大奖，大庆了一把，也大歇了一下，眼看要往反面典型走的时候，悬崖勒马，回头是岸，这一把亮相还算漂亮。

第十一辑　城市

拥堵的车流
是上帝手中的螺丝刀
它打开我们
像拧开一个个空空的罐头

——李柳杨

从来就没有什么救世主

轩辕轼轲

佛从来就没有瘦过
耶稣从来也没有胖过
只有人一会儿胖了
一会儿瘦了
胖的时候自我安慰
有佛相
瘦下来了
就对着镜子喊一声
“耶”

2019/04/13

伊沙点评：本诗的灵感显然来自佛胖、耶稣瘦这个对比，我通过阅读不敢肯定它是来自作者的认知系统（事实的诗意），还是来自语言平推（耍嘴皮子）。我只知道，如果是前者，你会由此得到一个山系；如果是后者，你只能得到这座孤峰。

2020.2.8

转世

李海泉

大巴车行驶在
群峰包围的北川县
看到十一年前大地震
滚下的巨石
立在公路两边
我感到恐惧
那些曾无辜死去的人们
有人很可能转世成
一块块石头
永远守在这里
但也有可能
转世
成为像我们这些
前来看望他们的诗人
并且上了《新世纪诗典》

伊沙点评： 我在本诗现场，诗的灵感源还是我。当时大家在回顾 2008 川震中各路诗人的表现，90 后的李海泉没有发言权，一转眼，大事件便在眼前。放眼一生，谁都不会缺少经历，只是当每一次经历到来时，你的所作所为不要让自己终生悔恨与遗憾。随着元宵节的到来，这个不平凡的年就算过完了，有种种迹象表明：这很可能是中华历史的一个重要时刻，让我们一起去创造出一笔与之相匹配的精神财富吧。

性别

游若昕

生物课上
老师让我们
摸摸自己的心跳
女生们
都很腼腆地笑着
手却没有摸
心跳
她自己
也不好意思去摸
只在空中
做了个手势

2019/04/30

伊沙点评：性别意识的觉醒，女孩要变女人，资格最老的“新诗典宝宝”要长大了。先进的诗如树，内含年轮；落后的诗歌如枯木，成名作与遗作，像是同一年写的。没有人告诉游若昕这个道理，她就是生来诗感好。

风花雪月，风花雪月

士农工商

风花雪月，风花雪月
赤身裸体，是农民的女儿，工人的女儿，我的女儿
繁华的灯笼挂的是女儿的脑袋

风花雪月，风花雪月
鬼的兰桂坊，哭泣的阎王取走诗，书和琴瑟
黎明之后，一件爱慕，它是柳永酣醉的诗歌，我们用它
遮挡，疤痕

风花雪月，风花雪月
人瞎了吗？赛金花的衣裳一件接一件脱掉，圆明园，坍塌
纯洁的肉体宛若美丽的昙花

风花雪月，风花雪月
月高风黑的杀人的夜……我手提人皮的灯笼，喊
“天干物燥”，烛火的哭泣是苦难的漂泊

伊沙点评：本诗告诉你：可以剑走偏锋，可以隔山打牛，可以声东击西，但要自圆其诗，言之有物。这种拟古风以前兴过一阵，写好的还真少见。

2020.2.12

三十八岁，活在人间

李婵娟

今天我从九平米出租屋
搬进八十平米二手房
今天妈妈做了
爸爸最爱吃的红烧肉
今天爸爸喝了二两苦荞酒
唱起沙家浜
今天知知坐在学步车里
围着我转圈圈
咿咿呀呀
像个快乐的小精灵
今天，我刚刚满了三十八岁
今天，我终于让父母和孩子
在这个城市
有了过冬的房子
我们自己的房子
我喜欢的房子
有着喜欢的味道
我满是喜欢
喜欢得心都空了

伊沙点评：推荐一位现在武汉的诗人，来自公子琹的助攻。这一看就是个优秀的口语诗人并且潜力巨大，她懂生活、有感情、语言上有灵性，这就够了！非常时期，围城之中，多多珍重，来日再相逢！

思念

申雨霏

我思念
以前的人
追逐时光的人
啃食月光的人
和来到这里
与城市撞出火花的人

伊沙点评：日本捐赠物资上的佛语与唐诗，让我们看出差距来了，有人以“中国诗词大会”比之——不一样，人家是使用语言，我们是背诵语言。今天推荐的是一个10岁孩子的诗，我不相信这孩子长大了只会喊“武汉加油”，因为她打小就学会了使用语言。孩子习诗是为了什么，恐怕不仅仅是做诗人这样简单。

2020.2.14

雪人

田半亩

下雪了
光棍老刘在院子
堆了个雪人
头上戴上红帽子
过路人一看
这家里
多了一个女人

2018/01/18

伊沙点评：情人节到了，大疫中的情人节也是情人节，往往更珍贵、更难忘。对于各大诗歌平台来说，情人节等于泛情诗的飙诗日，本典准备分两天推荐两位作者（一新一老）的泛情诗，今天是新作者田半亩，感觉她跟读《新诗典》久矣，今天终于入典，以一首精彩动人的泛情诗。

2020.2.15

真爱

阿煜

女同事看了
网上剖腹产的图片
决定不生孩子
但考虑到对象家是
山东的
传统观念很重
就忧愁怎么办
男朋友帮忙出主意
“以后有人问起来
你就说我不行”

伊沙点评：情人节推荐的第二首泛情诗，来自老作者，更现实、更现代。过去男人遇到最大的考验莫过于遭遇难产时保大人还是保孩子，这是一个新版本，名副其实，确乎真爱。即便是情诗，口语诗人也比抒情诗人写得好，在事理、诗理上都讲得通的。都什么年代了，谁还单膝跪地，冲着人抒情啊！

2020.2.16

再次领悟

严力

在吃出来的危机里
再次领悟上苍的思路
让地球的生灵
都怀揣平等的愿望
并遵循各自的卫生习惯

唯有无视天道的人类
在张口就想吞下整个天下的
嘴巴里
咀嚼着称帝的无限食欲

2020/01/25

伊沙点评：在 2 月下半月选稿中，两位名宿的表现尤其出色，占据冠亚军：冠军是 50 后诗人严力，亚军是 40 后诗人曲有源。先看严力这首。大疫面前，人类的灾难面前，严力诗的形式特点被发挥到了极致：形象化、反思性、力量感，不愧是名作《负 10》的作者。

火化是取暖的方式

曲有源

那个世界太冷了

只剩下
这副骨头架子
能够当柴烧

伊沙点评：半月亚军，杰作一首，作者本人新高。形式的解放带来了更自由的表达。在与年龄、与衰老的战斗中，老曲很厉害，不断战而胜之，谁挺到老谁就赢！

敬李白

徐江

我就着月色
在路边写关于
暗黑的诗

不不
我就着暗黑
一直在写心中的月色

伊沙点评：李白护佑徐江连过两轮，继续保持满额，还拿下“李白诗歌奖 · 成就奖”。李白是中国的诗魂，诗歌中常写常新之永恒的题材，君不见，现代诗人比古体诗人更爱写他，更把他当作诗魂，这是很有道理的：爱自由者更爱李白。

牧师

蒋涛

疫情期间
我在酒店一个多月
在魔兽世界里
练了一个牧师
专门救人

2020/02/02

伊沙点评：我个人非常喜欢这样的诗，这是真正的现代人写的现代诗：我是什么样就是什么样，不自我拔高，不登高远望，不俯身关怀，不自我感动，不矫情夸饰，只是一个基本的情感流露、三观表达。事实上，我所希望的诗人的态度其实不过是诗歌的正常反应——现代诗在大事件前该有的作为。

乳牙

春树

在微博搜自己的书名
没有一页是书
出现的全是真的
乳牙

伊沙点评：本诗是《新诗典》诗人中东欧行单场亚军作品，一首轻松、自然、精巧、俏皮的后现代解构还原之作，表现出书籍在信息海洋中的尴尬境地。不过大疫来袭，文学和文学家的力量就显现出来了。

城市

李柳杨

拥堵的车流
是上帝手中的螺丝刀
它打开我们
像拧开一个个空空的罐头

伊沙点评：李柳杨属于感觉加修辞型的诗人，这样的诗人在 90 后以降的诗人中比较稀有，成长周期也会比较长，感觉是否恰到好处与修辞运用是否炉火纯青，还是得依赖于对世界的思考和对语言的掌握，我在本诗中看到了进步。

大脚趾

中岛

这两周
儿子总告诉我
他的袜子被大脚趾顶破
仅仅一周
他就有两双袜子
破了个大洞
大脚趾总是不听话
里外乱串
我想不出解释理由
就随口告诉他
是大脚趾最近在长

回想起我小时候
也是经常出现
大脚趾顶破袜子的事
我也从未想过这个问题

不仅是袜子
被大脚趾顶出洞来
就是内裤
也有被顶破的时候

2019/12/01

伊沙点评：大疫起兮毒飞扬，中岛孬诗一箩筐。在这种情形之下，推荐他一首好诗，感觉怪怪的，情何以堪！事实上，他只要一登高一望远一关怀一写大，必成抒情新诗劣作，写自己、写家人、写方圆百米之内往往就好。命中该修小乘者，别贸然去修大乘，最终只会修成野狐禅。

2020.2.25

不明

杜晓旺

家里来了个人
我们一下都愣住了
他不认识我
我也不认识他
他说对不起走错地方了
我说没关系
我也是进错了门
后来被留下了

伊沙点评：非常好！在这半月的“新人”中拔尖，在这半月的诗中位居上乘，疏离手法产生的陌生化效果，直逼生活的本质。在去年年底的咸阳诗会上，我没有见过他，可见好诗人在会外。向王维保证，我从未照顾过陕西诗人，而陕西现代诗正无可争议地处于史上最强时期。

青春期

夙洁

上初二那年
停电停水三天
西北风吼罢
接着飘起鹅毛大雪
同宿舍的郭红英
盛了满满一盆雪
我们几个
用雪搓洗了手脸
然后抢着袖珍小镜子
抹上雪花膏

2020/01/05

伊沙点评：我在写《中国往事 2》——一部关于上世纪 80 年代前期中学生生活的青春小说，从小说技术上说，比的是记忆力，需要建起一个庞大的细节链。在这个背景下，我读到了本诗，一个雪花膏让全诗生趣盎然、令人信服。对于后口语诗来说，一个好细节可以救全篇。

搭火箭

陈永祥

有的搭火车
搭汽车
可能是条流浪狗
路灯昏黄
它正死死
抱住马路中间
一个白色的箭头
做出等待火箭发射状

伊沙点评：来自大疫重灾区湖北黄石的一曲悲歌！此番抗疫诗，也随着中国现代诗的长大而长大了。诗型越成熟，公共事件写作与日常生活写作区别越小。多多保重，人安诗健！

2020.2.28

做菜

陈可馨

趁妈妈不在
我撕下一小块影子
放进锅里
倒上些油
加上些水
最后放点葱
拿起锅铲
开始翻炒
最后装盘
嗯……
味道还不错
就是
带着一点沥青味
原来是
我忘洗了

伊沙点评：先不说别的，这孩子知道“沥青”可以入诗就足以令人惊喜！多少成年诗人写到现在还不敢，诗还是旧农村、植物园、小盆景，也别自欺欺人地说：诗不进城亦可现代，一切都是先有物质基础的。这孩子的诗就写得很物化，有前途！

窗外

毋毋类

2020.2.29

昨天下了一天的雪又延续到现在
似乎要这样一直下下去
一位戴眼镜的女孩
戴着口罩坐在雪中的凉亭里
她的身边没有脚印
椅条上的雪也整整齐齐
大概她已坐了很久
她翻看了一会儿手机
然后
长时间的
头微微低着
看着地面
然后
我看到了她肩膀的颤抖和头部的起伏
她在哭
有一刻
头部的起伏加剧了
她用一只手捂住戴着口罩的嘴
就在这时
一位穿着运动裤的男子
托着装满了的购物小车从凉亭旁边走过
一束芹菜的叶子露在小车外面
在静静的雪花中上下颤动着

伊沙点评： 自暴发疫情以来，我们已经零星推荐了不少高质量的抗疫诗，从今天开始，我们将进入一个由 10 余首诗组成的“抗疫诗展”。当前，抗疫对一个诗人来说既是生命需要、道德要求，又是专业课题。作为全球中文诗歌第一平台的《新世纪诗典》，责无旁贷，立场坚定，态度鲜明，必须发声。本诗如画，作者正是画家，一笔一画，非常有耐心，艺术质量很高。来自沈浩波的助攻。

疫之幻

三个 A

因疫情
不能聚会喝酒
就开视频对饮
喝着喝着就蒙了
迷迷糊糊中
他把那头的酒友
当成自己的遗像
号啕大哭

伊沙点评：一个诗人写了几首诗，别老觉得你为抗疫做了什么，抗疫反过来还成全了你的写作呢，比如说三个A。上一轮推荐是在 2017 年 10 月，之后他的写作停了一段，再之后两次投稿选空，终于写了一首好的，是抗疫救活了他的写作。本诗之好，几乎是其新高。

龙抬头

陆福祥

龙脊山
今年不舞龙
请两个道士
戴口罩
在路口念经
背靠着
贴防疫公告的土墙
烧过纸
放过炮
村民们开始春耕

2020/02/24

伊沙点评： 有这么一个规律：“抗疫诗”写得越像宣传词，越像表态；写得越高级越像正常诗，越像写诗。本诗自然属于后者，写的是节气与民俗，今年有啥不一样，反而写出了坚韧不拔的民族精神。

墓志铭

游子雪松

来自老家确切的消息——
故乡目前还没有发现一例新冠病毒
这让我释然，欣慰。千里之外的那片故土
是我一生都无法割舍的牵绊
这里是生养我的土地，现在
依然住着我的亲人、故旧和亲朋
瓦埠湖，古芍陂，长淮与淝水
骨头里浸润它们生生不息的方言和胎记
这首诗不长，不用公开浏览和发表
假如，在异乡我走不出这次春天的逃亡
当你打开朋友圈，就能读到这首我的
墓志铭

伊沙点评：病毒如子弹，简直不长眼，管你尊卑贵贱，谁都可能中枪，诗人也不例外。疫情暴发以来，据我所知，已有一位诗人染病故去，系安徽诗人游子雪松，并非因为他的死而推荐他。内行人知：即使在死后上《新诗典》也很难，我推荐他，是因为本诗配得上，一种莫大的悲哀弥漫诗中，令人黯然神伤。

第十二辑　鸽子

在我平视的远景里
一只白色的鸽子
穿过冲天大火
继续在飞
飞成一只黑鸟
也许只是它的影子
它的灵魂
在飞　也许灰烬
也会保持鸽子的形状
依旧高飞

——伊沙

如果没发生疫情你这会忙什么

黄鹤权

抱她
吻她
吃个烤羊腰子，看杂志，做瑜伽，
练搏击，学做饭
修玩具，捡石头，洗床单，去菜场买菜
定期给一个阿伯照看菜摊
给父母换保险
或水上写字，看雨水主宰一会儿天空
我对这些能还魂的事，是有感情的
去你的，我对老常说
现在
就可以做起来！

伊沙点评：95后的诗写得老道，而我刚刚写过：老道是写出来的，也是活出来的。有人把写与不写看得那么重，说穿了还是把拥有笔这件事看成一种特权——这是士大夫阶层的臭毛病，写诗不过是一门平民的手艺。疫情终于发展到与全世界全人类每个人都有关了，拿不写说事儿的诗人恐怕得看下心理医生，没那么高大上的理由。

在菜市场

马非

2020.3.7

“粮食不出问题
中国的事就好办”
这一论断
我是在菜市场
采购的过程中
从手机上看到的
我一拍大腿
还大叫了一声好
把卖猪肉的
吓了一跳

伊沙点评： 马非生于妇女节，本想明天推荐他，可又觉得妇女节不放一个女诗人不合适，遂提前一天。两轮前我还批评马非说以保守之态保满额，大杰作就来了——这就是批评的好处。本诗是马非自己的新高，这半月的冠军，也是第九季中的拔尖之作，为什么？请你咬一口，满嘴都是酸甜苦辣的中国滋味。懂中国者，才能忧对地方，才能忧得有效。

元宵夜

向佳杰

病榻上的爷爷
看过围在床前的儿孙
满足地闭上眼睛
说：要是就这么死了
该多好啊

大家面面相觑

爸，你可千万
要挺到疫情结束啊

伊沙点评：活不明白的人，能写明白吗？断无可能！此次灾难是全地球全人类共同的事，与个体生命的安危息息相关，不是让你登高一呼、关怀众生、代言人类，而是让你面对自身及身边的亲人。对此，你没有选择，必须尽到责任。拿本诗来说，为我们描述了大疫之中一个家庭过元宵节的场景、一家人的心之所忧，既独特又有共性，一首好诗就出来了。

二月二

河西

蛰虫咸动，启户始出
理发店闭门。龙头改日剃

男的舀水。女的拌面
他没了老婆。她也刚死了丈夫

伊沙点评：一点古风，便让本诗不同凡响，《新诗典》容纳多元的创造，但必须是有效的。至此，10 多首佳作构成的“抗疫诗展”圆满完成。今后还搞不搞，完全以选诗情况而定。

2020.3.12

代表作

周鸣

有人开玩笑说
我出十万元
买你一首代表作
你愿意吗
我反问道
我出二十万元
买你半条命
你愿意吗

伊沙点评：看来，我用眼睛的余光在微信朋友圈偶尔“订的货”，往往都更靠谱，因为它肯定让你眼前一亮，多人次拿下过冠亚军，本诗即是如此，系 3 月上半月亚军作品。代表作是诗人的命根子，代表作能否成为名作，有时候还得靠运气，但是没有代表作，只能说明诗人未定型或能力低下。所以说，代表作很值钱。

打秋千

张侗

一群叙利亚孩子
在毁弃的坦克
炮管上
轮流
打秋千

伊沙点评：这位诗人更是久违了，张侗上首诗的推荐时间是 2016 年 12 月。印象中几位“矿工代言人”的诗，相互之间辨识度不够，在求变求新上做得不够。本诗让人眼前一亮，估计有识者在当前的灾难中已经意识到，平时我们对人类的关怀做得远远不够，那么从今往后呢？灾难过去呢？

窗外鸟鸣

刘傲夫

姐姐穿着碎花裙子
一路笑过来的样子

2020/01/01

伊沙点评：当前这场人类的大灾难还远远没有过去，中国诗人抗疫诗的总量已经是2008年川震诗的10倍、2003年非典诗的百倍。我还必须指出的是，这几乎是一种诗型做到的——口语诗，此次大疫简直成了书面语诗的灭顶之灾！除了表表姿态毫无价值，冰冻三尺非一日之寒，难道不该反思一下为什么吗？现如今，书面语诗连他们地盘上原有的城池都守不住了。比如说本诗用的通感，是修辞之一种，现在成了口语诗玩出来，我很习惯；书面语诗人玩出来，我反倒要吃惊了。

不点菜与不订货

袁源

长安诗歌节
中秋诗会上
澳大利亚诗人
张立中的妻子张女士
读完诗后
没听清伊沙的点评
隔着桌子问他
“你刚才说
诗不好
不点菜
之后
又说了一句什么？”
诗人们笑着纠正她
“是不订货
不是不点菜”
大过节的
有朋自远方来
菜还是要点的

2019/09/13

伊沙点评：确实，我们创造了一种诗文化，外人轻易进不来，往事是美好的，但愿这一幕不会那么早便成永恒的回忆。在美国为新冠病毒而设的全国祈祷日，我也做如是祈祷。

太疯狂了

隐形鸟

浏览朋友圈
看到有个抒情诗人
竟然要嫁给
一轮明月了
我倍感惋惜
但不知如何
挽救她

伊沙点评：在后现代之解构主义上我有一点发言权，即使不算第一个玩的吧，也算第一个导入“常规武器”的。对这类诗，论者有两大错误论断：一曰破坏——你看本诗是破坏还是建设？二曰寄生性——那是不是所有驳论文章都有寄生性？鲁迅最擅长这种文体，难道是一条大大的寄生虫？

家乡的泥土

柏君

在老家
干农活时
我不小心
划伤了手指
于是赶紧
按妈妈教的
抓了把泥土
覆在伤口上
血止了
也不那么痛了
不知道
他乡的土
有没有
这样的疗效
我还从来
没有试过

伊沙点评：一个诗人的段位是这样看出来的：低段选手一定会将前一半体验提炼成格言（绝对真理），本诗作者显然不是这么做的。他关心的是体验结果：事实的诗意，又不强指自己无体验的他乡的泥土不行——高，实在是高！

自由

冯冯

这是第几个
下雪的春天了
他走出
监舍的大铁门
身后的号房
伸出那么多眼睛
他有一肚子话
要往外倒
但他只对杨大管教说
我服刑期满了
他挺直了腰板
好像比杨大管教
提前
获得了释放

2018/11/27

伊沙点评：史上第二次出现这种现象：审稿当时，几次三番，催要资料，未见回复，事隔良久，又来表示，愿意入典。我再重审，《新世纪诗典》几乎全从投稿中选，投稿意味着你愿意先被网推再被书录，当你做出投稿的行为时，要清楚自己的权利和义务所在。还有，我想说的是：人生苦短，精力有限，不要把简单的事情搞复杂，中国诗坛简单不过《新诗典》。如此，造成了在第九季末班车上有一个“新人”的座位——是的，末班车出发了，第九季进入最后的冲刺！

六十六

蛮蛮

从人民公园出来
遇上急雨
躲进门口的警卫室
值班的大爷问起我的年纪
又报出自己的
然后捏起一颗花生米
一边嚼一边感慨
现代社会真好
放在秦始皇的时代
六十六岁
不死也该活埋了

伊沙点评：本诗让我想起小时候所接受的帝国认识，正如诗中所写，也是相当残忍、黑暗。比如“君让臣死，臣不得不死”，比如给皇帝陪葬（活埋），比如文字狱（清风不识字）——这种教育够够的，但你从来不会想到它有什么现实意义，我们就是诗中“值班的大爷”。

大疫之年

闫永敏

一个联系很少的朋友
研究中国古代文学
忽然打来电话
“这是大疫之年
你作为诗人
必须写”
我连忙说写了
挂断后有些不安
如果没有写
该如何面对这个朋友
走上写诗这条路
总会有目光
不管你是否知道
探照灯一样
盯着你脸上的“诗人”二字
而我经得起照射吗

伊沙点评：差点忘了，3月21日是世界诗歌日，特将闫永敏这首从第二次“抗疫诗展”中调出来，应时推荐。什么是诗歌？什么是诗人？诗中这位研究中国古代文学的朋友没有搞错，倒是个把非科班出身的著名诗人每逢灾难都跟业余选手一样抽了疯似的发布“不写”宣言，近看众诗人答庄生问，那些回答“可以写，可以不写”的也很讨厌，都走出去五十步了还要平庸地回答起步时的问题？

骨碎

李东泽

骨碎
我造的词
是指人被火化后
取出来的
被大家叫作骨灰的东西
并不是粉末似的灰
而是一片一片
细碎的骨头
我想作为诗人
我有责任
指出这一点
是骨碎
而不是骨灰
这样我还会觉得自己
即便是死了
也能硬气一回

伊沙点评：在短期之内，先选空一次，又以佳作入典，说明作者已经调整了自己的状态。本诗中的发现非常了得，可得满分，其实应该停留在发现本身，不要具体到诗人如何，这便是既成为冠亚军有力争夺者而最终未遂的原因。

人间 107

杜思尚

最后一名飞虎队员凋零了
我记得他们说的话:
我们是沿着喜马拉雅山谷
战友坠机碎片的反光飞行的

2020/03/05

伊沙点评:《新诗典》少有的军旅诗人，终于写出了最好的一首军旅诗。本诗是这个大的半月冠亚军的有力争夺者，最终未果只是因为它是纯二手料写成的。

2020.3.25

世界的夜晚

吴雨伦

客机飞跃北冰洋的夜晚
——极夜
月亮格外耀眼
万米下的冰面反射微光
巨大黑暗的裂缝依稀可见

中国人和美国人在飞机上共眠

2019

伊沙点评： 什么是时间？有时候它只是改变的现实，所谓“沧海桑田”。本诗创作于作者去年 11 月放假回国期间，仅仅过去了四个月，它却在现实中长分了。如果中国的青年都能够如此理性、智慧地看待中美关系，中国的未来大有希望。本诗当然是这个大半月冠亚军的有力争夺者，作者与我的关系让他吃点亏。

乳山

海青

两个乳房
越往尖上越凉
像春天的山上
细草已扎芽
草根穿梭出
蓝血管和青筋
山尖的雪
还没化

2020/02/22

伊沙点评：这个大半月的亚军作品是纯正的身体写作、纯粹的女性宣言，没有色情，没有下作，带着觉醒，带着体温，怀着骄傲。

预言：花开疫散

独化

日本之樱花
韩国之木槿
意大利之菊
伊朗之蔷薇

相信，一定能像武汉之樱花一样
如期开放

2020/03/10

伊沙点评：独化之 7.0，太艰难了！他的上一轮推荐远在 2015 年 10 月。独化的新诗典之路为何会越走越辛苦？坦率地说，其本质不是个现代诗人，他只是在现代用古人的方式写现代古诗的一个人，现代诗人的骨头是钢铁，他的骨头是竹子，所以他与本典之间只能是“碰”的关系，而人过 50 已不可改变。本诗也能说明问题，只是过了《新诗典》的最低线。

蒲公英

张心馨

2020 年流行一种病
病毒长得像蒲公英
吹散了蒲公英
飘落到其他人身上
还请大家戴好口罩
不要再沾染蒲公英

2020/02/29

伊沙点评：幸好我写了，否则无颜面对 00 后诗人如此出色的抗疫诗——但话说回来，我有羞耻心，所以不会不写。本诗中的蒲公英是我所读到的诗中关于病毒最出色的意象，远超我的子弹，本诗亦是这个大半月冠亚军的有力争夺者。

自我隔离

公子琹

新冠肺炎暴发后
我从武汉的学校
回到孝感的家
不敢咳嗽发热
甚至打喷嚏
不敢去半小时就能到的表姐家拜年
不敢对着人说话
包括爸妈
不敢把啃过的鸡骨头
给狗吃

2020/01/25

伊沙点评：一首来自重灾区的诗，一首出自 90 后诗人的诗。抗疫诗，一个真实的细节所产生的力量，大过你任何代言式的抒情——在这次人类大灾难中表现得特别明显，先进与落后之分，就体现在时代表现力上。非常时期，催人成长，对年轻诗人不失为一次淬火的机会。

爱妻

庄生

每次下楼买菜
我说我去
我老婆就会说
“就你那个抵抗力
还是我去吧”

2020/02/13

伊沙点评：非常之好，平凡之好。本诗也是这大半月冠亚军的有力争夺者。这既是一首好的抗疫诗，又是一首好的爱情诗——由此可以看出，抗疫诗并非类型诗，而是常态诗。

一篇刚刚开头就夭折了的小说

刘天雨

不可避免地想起非典
被封在大学校园里
不得外出
然而没有人当回事儿
天天在宿舍打牌
我计划写一篇小说
来描述非典时期的爱情
起源是我看到
一对情侣
隔着铁丝网亲嘴
那努力透过铁丝网缝隙
去寻找对方嘴的举动
让我印象深刻
一记至今

伊沙点评： 本诗并非抗疫诗，我却编入了第二次“抗疫诗展”，是想提醒大家：新世纪以来，灾难诗已经形成了一个诗种，这是中国现代诗走向世界走向成熟的表现，也是中国古诗关注现实关怀民生疾苦的伟大传统在当代的重现。

你说客死他乡，风中芦苇便是你的替身
——祭一位因新冠肺炎去世的诗友

叶臻

去年夏天
我们还在水库边散步
看水边芦苇
在风中摇曳
两只蜻蜓
一只叠着另一只
落在一片苇叶上
后来
风大了
它们没法在苇叶上停住
只得飞起来
继续在风中
在天空
一只叠着另一只

2020/02/24

伊沙点评：不是第一次说了，叶臻的写作存在问题：还不是囿于社会身份不敢发言的问题，而是本以书写现实见长的他越写越假的问题。这一轮选稿，幸有这一首情真意切的祭诗在，方才保住了轮次——这确实已经成为一部分口语诗人现象级的问题。

空城记

梅花驿

市区少量公交车
开始恢复运行
除了司机
车上空无一人
但它还是
一趟一趟地
在空旷的街道上
不停行驶
好像每个座位上
都坐着一个灵魂
它们是谁
它们从哪里来
它们到哪里去

2020/03/05

伊沙点评：就在上半月，本应推梅花驿一首诗，但是那首诗被一张广为流传的新闻照片搞得价值降低，终于没有推出，好在他拿出了更好的本诗，可为第二次“抗疫诗展”压卷，也是这大半月冠亚军的有力争夺者。由此可见，编者严一点，作者的形象便好不少。

鸽子

伊沙

在我平视的远景里
一只白色的鸽子
穿过冲天大火
继续在飞
飞成一只黑鸟
也许只是它的影子
它的灵魂
在飞　也许灰烬
也会保持鸽子的形状
依旧高飞

2000

伊沙点评：《鸽子》是我新世纪以来的第一名作，它不是一飞冲天的，而是在时间中后程发力的。它一直未入典，让我总觉得自己的诗对《新诗典》贡献还不够，于是便留了一计：等哪轮自弱时，再派它守轮，今天终于派出来了，却不是因为自弱。一首 20 年前创作的诗似乎还担得起一个半月冠军，它提醒大家：典非年选，而是要面对不断增长的年份——这便是它一定会战胜所有年选的地方。九年了，谁会想到九周年纪念日恰逢大疫国悼日，在此许愿：希望明年十周年的这一天，地球已回无毒的人间！

附录一 《新世纪诗典》第九季推荐表

日期	篇目	作者（所在地）
2019年		
4月5日	《安慰》	艾蒿（重庆）
4月6日	《节育环》	君儿（天津）
4月7日	《军工厂门前》	侯马（内蒙古）
4月8日	《倒着长》	朱剑（陕西）
4月9日	《巧合》	左右（陕西）
4月10日	《修轮椅》	闫永敏（天津）
4月11日	《保安》	韩敬源（云南）
4月12日	《一把旧镰刀》	还非（福建）
4月13日	《春天来了》	周鸣（浙江）
4月14日	《春》	张娜（陕西）
4月15日	《中年少女》	王靖雯（陕西）
4月16日	《游乐场的龙猫》	周昱君（陕西）
4月17日	《入殓师》	后后井（福建）
4月18日	《黄花长城》	维马丁（奥地利）
4月19日	《马戏团》	黄海兮（陕西）
4月20日	《敬礼》	西毒何殇（陕西）
4月21日	《在德国》	蒋涛（北京）
4月22日	《听闻大学设置书法专业后》	庄生（广东）
4月23日	《巧合》	叶臻（安徽）
4月24日	《女神》	李东泽（黑龙江）
4月25日	《你要电吗》	庞华（江西）
4月26日	《千层饼》	韩彩丽（陕西）
4月27日	《母语》	王姣（陕西）
4月28日	《无题》	李亚茜（陕西）
4月29日	《一生》	于帅（黑龙江）
4月30日	《恐惧》	窗外（湖南）
5月1日	《又要飞往清迈》	沈浩波（北京）
5月2日	《天再冷也冻不死天意》	潘洗尘（云南）
5月3日	《我的生辰八字》	王有尾（陕西）
5月4日	《单身女人》	周芳如（广东）
5月5日	《禅》	刘傲夫（北京）

5月6日	《去伪存真》	周献（四川）
5月7日	《经历》	庞琼珍（天津）
5月8日	《风化》	李柳杨（北京）
5月9日	《包工头爸爸》	李海泉（陕西）
5月10日	《父子像》	袁源（陕西）
5月11日	《致母亲》	林长芯（江西）
5月12日	《寒衣节》	何婴（河北）
5月13日	《飞翔》	金一泽（陕西）
5月14日	《饼干》	刘灵萱（陕西）
5月15日	《红绿灯》	曹敏焕（陕西）
5月16日	《早春二月》	梅花驿（河南）
5月17日	《危险火种之一种》	赵立宏（山西）
5月18日	《鹅》	里所（北京）
5月19日	《喝江河》	虎子（河南）
5月20日	《我见过世上最疼的目光》	王清让（河南）
5月21日	《摔杯为号》	冈居木（山东）
5月22日	《两套班委》	张敬成（河南）
5月23日	《苦钱》	原音（江苏）
5月24日	《壮壮》	紫伊（江苏）
5月25日	《习惯》	毛姐（江苏）
5月26日	《无题》	紫花地丁（河南）
5月27日	《草随风》	周晋凯（山西）
5月28日	《四月十六日》	姜倩（陕西）
5月29日	《无题》	白婧妤（陕西）
5月30日	《闹》	李依琳（陕西）
5月31日	《幼儿园接孩子的队伍》	康靖（陕西）
6月1日	《钟》	海菁（广东）
6月2日	《表哥》	江睿（重庆）
6月3日	《下笔如有鬼》	游若昕（福建）
6月4日	《病房外记 1》	湘莲子（广东）
6月5日	《能婊子》	蛮蛮（陕西）
6月6日	《错爱》	宋静宇（陕西）
6月7日	《缘分与命运》	刘天雨（陕西）
6月8日	《梦》	东岳（山东）

6月9日	《拉架子车的妇人》	李景云属（河南）
6月10日	《妈妈》	常遇春（甘肃）
6月11日	《想给女儿找个妈了》	赵克强（四川）
6月12日	《春风本无意》	张晓茜（云南）
6月13日	《销售员》	胡泊（天津）
6月14日	《挖宝》	王学科（河北）
6月15日	《半颗桃子》	王一渊（陕西）
6月16日	《送别》	唐欣（北京）
6月17日	《新词》	朱帆帆（陕西）
6月18日	《怀念》	葛平（山西）
6月19日	《黄金时代》	马非（青海）
6月20日	《白云人家》	李勋阳（云南）
6月21日	《问路》	笨笨 .S.K（陕西）
6月22日	《震感》	杨艳（福建）
6月23日	《陈娘》	图雅（天津）
6月24日	《玩儿》	莲心儿（北京）
6月25日	《你的诗》	阿煜（陕西）
6月26日	《贫困户》	箫傲剑（河南）
6月27日	《平等对待》	张孝链（陕西）
6月28日	《菊正宗独白》	陶懿（重庆）
6月29日	《苹果》	唐吉民（河南）
6月30日	《憾事》	温国（河北）
7月1日	《鸡，诗意地栖居》	轩辕轼轲（山东）
7月2日	《老同志又传话了》	江湖海（广东）
7月3日	《横穿马路的民工》	起子（浙江）
7月4日	《与地球上的傻瓜斗争》	李异（海南）
7月5日	《失恋之旅》	宋壮壮（北京）
7月6日	《雪地上》	刘强（四川）
7月7日	《遭遇》	苇欢（广东）
7月8日	《价值》	冯桢炯（美国）
7月9日	《无名草》	李曼祺（重庆）
7月10日	《父爱如山》	荒目（天津）
7月11日	《父亲》	叶慧敏（陕西）
7月12日	《一千块》	梁丹（陕西）

7月13日	《父亲》	张才模（广东）
7月14日	《秋》	陈同枫（河南）
7月15日	《梅花》	绿鱼（北京）
7月16日	《南山竹》	摆丢（上海）
7月17日	《诗人写什么》	南人（北京）
7月18日	《案犯》	石蛋蛋（北京）
7月19日	《39》	高歌（山东）
7月20日	《村民的恐惧》	南地（四川）
7月21日	《写诗三十年记》	柏君（河北）
7月22日	《背》	陆福祥（广西）
7月23日	《跟着表哥去发工钱》	云瓦（河北）
7月24日	《文明的阻止》	草屋（吉林）
7月25日	《香积寺外》	高一宜（陕西）
7月26日	《汉服》	曹袆琰（陕西）
7月27日	《爱心捐款》	刘婷（陕西）
7月28日	《等》	王亚静（陕西）
7月29日	《外教课》	扈鑫（陕西）
7月30日	《纱裙》	宋妮妮（陕西）
7月31日	《斯卡斯》	李云枫（北京）
8月1日	《清明》	了乏（江苏）
8月2日	《圣彼得堡的早晨——致阿赫玛托娃》	张小云（北京）
8月3日	《无题》	邢昊（北京）
8月4日	《好奇心》	唐突（湖北）
8月5日	《上海老人与房》	苏不归（上海）
8月6日	《那年寒冬》	白立（陕西）
8月7日	《震后萝卜寨》	蒋雪峰（四川）
8月8日	《一幕》	李振羽（甘肃）
8月9日	《伴》	绿夭（湖北）
8月10日	《亲爱的，有人喊妈就好》	释然（山东）
8月11日	《有时》	默问（河北）
8月12日	《床戏》	白水泉（北京）
8月13日	《灯》	彭晓杨（安徽）
8月14日	《愿望》	陈万（上海）
8月15日	《洗澡》	蒋聪（陕西）

8月16日	《归属》	苗荣荣（陕西）
8月17日	《家》	叶慧敏（陕西）
8月18日	《难题》	李菲（陕西）
8月19日	《轮回》	瑠歌（美国）
8月20日	《安慰》	刘斌（陕西）
8月21日	《一只龟发现了自己的灵魂》	吴雨伦（北京）
8月22日	《白骨精传说》	谷驹休（上海）
8月23日	《艺谭·沸》	徐江（天津）
8月24日	《我睡》	王小龙（上海）
8月25日	《高原上的客车司机》	西娃（北京）
8月26日	《我》	洪君植（美国）
8月27日	《那个日子》	凌岚（美国）
8月28日	《遗产》	全京业（吉林）
8月29日	《长安行》	游连斌（福建）
8月30日	《前世》	陈克华（台湾）
8月31日	《哑嗓金舌王小龙》	伊沙（陕西）
9月1日	《尔等》	黄海兮（陕西）
9月2日	《报警》	侯马（内蒙古）
9月3日	《同床共枕》	左右（陕西）
9月4日	《二月的婚礼》	君儿（天津）
9月5日	《玩具娃娃》	春树（德国）
9月6日	《白居易》	游若昕（福建）
9月7日	《在地震遗址》	二月蓝（重庆）
9月8日	《广场上的圣诞树》	蒋涛（北京）
9月9日	《时代》	中岛（北京）
9月10日	《香椿》	起子（浙江）
9月11日	《我妈的男人》	三四（北京）
9月12日	《孩子》	蔡仙（北京）
9月13日	《母亲》	顾今（山东）
9月14日	《马》	曾璇（四川）
9月15日	《相貌》	于行（重庆）
9月16日	《长相守》	庞琼珍（天津）
9月17日	《我所拥有的》	艾蒿（重庆）
9月18日	《奔月》	朱剑（陕西）

9月19日	《动物没有国界，但动物园有》	西毒何殇（陕西）
9月20日	《间谍》	杨艳（福建）
9月21日	《小前夫》	叶臻（安徽）
9月22日	《每一家理发店都是一座寺庙》	原音（江苏）
9月23日	《花椒》	黎雪梅（新疆）
9月24日	《它叫新诗典》	宗月（上海）
9月25日	《三年前的一个冬夜》	闫永敏（天津）
9月26日	《对视》	杜思尚（北京）
9月27日	《外婆的桑叶园》	汪良峰（浙江）
9月28日	《见大象》	朵朵（山东）
9月29日	《绑架》	洪恩博（浙江）
9月30日	《军礼》	王有尾（陕西）
10月1日	《雨钱》	图雅（天津）
10月2日	《煮羊肉太好吃了》	沈浩波（北京）
10月3日	《世界的高度》	江湖海（广东）
10月4日	《罢用煤气罐》	庞华（江西）
10月5日	《意外》	毛姐（江苏）
10月6日	《胸罩酒吧》	海青（山东）
10月7日	《合欢》	里所（北京）
10月8日	《七月初四》	盛兴（山东）
10月9日	《同学的同学》	李勋阳（陕西）
10月10日	《军训》	周献（四川）
10月11日	《死后的世界》	海菁（广东）
10月12日	《神经衰弱患者的苦恼》	睡荅（河南）
10月13日	《登写字楼》	王新也（陕西）
10月14日	《魔镜》	丘玉木（山东）
10月15日	《羁绊》	钟婕（重庆）
10月16日	《彼岸花》	戴子岚（四川）
10月17日	《他的导师和他》	唐欣（北京）
10月18日	《龙眼》	湘莲子（广东）
10月19日	《三行情书》	王一渊（陕西）
10月20日	《一天》	高歌（山东）
10月21日	《真是可耻》	李东泽（黑龙江）
10月22日	《档案》	东岳（山东）

10月23日	《抗日战争》	从容（广东）
10月24日	《超车》	李海泉（陕西）
10月25日	《传染》	赵克强（四川）
10月26日	《违规的孩子——写给姜二嫚》	紫伊（江苏）
10月27日	《张美丽》	徐一峰（北京）
10月28日	《话说桑田》	肖文静（重庆）
10月29日	《老张》	李俊熹（重庆）
10月30日	《爸爸的衣服》	汤晨曦（重庆）
10月31日	《写作》	杨雨点（重庆）
11月1日	《结》	韩德星（浙江）
11月2日	《山里人家》	隐形鸟（广东）
11月3日	《KOKO》	严力（美国）
11月4日	《花朵》	马非（青海）
11月5日	《街头偶遇》	韩敬源（云南）
11月6日	《姿势》	阿煜（陕西）
11月7日	《在雨后的院子里》	云瓦（河北）
11月8日	《这件事母亲提起来至今都耿耿于怀》	赵立宏（山西）
11月9日	《世界文明》	南人（北京）
11月10日	《老革命》	宋壮壮（北京）
11月11日	《体罚》	查帅（陕西）
11月12日	《信对了》	西娃（北京）
11月13日	《我等着当班长》	卓佳馨（广东）
11月14日	《苹果》	庞嘉峻（广东）
11月15日	《电影与总统》	侯宛岑（广东）
11月16日	《无题》	笨笨.S.K（陕西）
11月17日	《灯》	刘川（辽宁）
11月18日	《打喷嚏》	张小云（北京）
11月19日	《对话》	张致臻（福建）
11月20日	《安检》	摆丢（上海）
11月21日	《中国老农式绅士》	马金山（广东）
11月22日	《血指印》	周鸣（浙江）
11月23日	《问》	刘傲夫（北京）
11月24日	《群名》	张明宇（山西）
11月25日	《交通局的绿化工》	王犟（山东）

11月26日 《俯视》 李慧媛（广东）
11月27日 《羊》 杨睿（甘肃）
11月28日 《电影》 赵悦嘉（广东）
11月29日 《世界毁灭》 朱哲卿（浙江）
11月30日 《照相》 张艺凡（广西）
12月1日 《乔治亚州的华人超市——一部中国人的荷马史诗》
吴雨伦（美国）
12月2日 《要求》 刘斌（陕西）
12月3日 《甲虫》 袁源（陕西）
12月4日 《勉强书·诗》 徐江（天津）
12月5日 《做买卖》 梅花驿（河南）
12月6日 《爱乐之城》 庄生（广东）
12月7日 《难忘的瞬间》 蛮蛮（陕西）
12月8日 《车餐》 茗芝（广东）
12月9日 《变异》 莲心儿（北京）
12月10日 《取暖》 张敬成（河南）
12月11日 《不敢点菜》 桃子（重庆）
12月12日 《诗人的非正常死亡》 孙虹凌（江苏）
12月13日 《无题》 龙广（黑龙江）
12月14日 《一言九鼎》 方塘（广东）
12月15日 《陈科长》 朱小牛（贵州）
12月16日 《六秒钟》 匡鸿羽（浙江）
12月17日 《姥娘》 李锋（河南）
12月18日 《把幽灵放进垃圾桶》 公子栞（湖北）
12月19日 《真实的国史》 赵俊杰（广东）
12月20日 《碑文》 北浪（甘肃）
12月21日 《渐入佳境》 默问（河北）
12月22日 《雪后》 虎子（河南）
12月23日 《食堂大叔》 江睿（重庆）
12月24日 《哀鸣》 潘洗尘（云南）
12月25日 《寒鸦戏水》 水央（美国）
12月26日 《再多写一首》 刘一君（北京）
12月27日 《锯木头》 周瑟瑟（北京）
12月28日 《诗孩》 李异（海南）

12月29日 《女人是水做的》 冈居木（山东）

12月30日 《我一直只会用外语写作》 黄开兵（广东）

12月31日 《中巴车上》 伊沙（陕西）

2020年

1月1日 《西安月亮》 维马丁（奥地利）

1月2日 《虚张声势》 左右（陕西）

1月3日 《圣诞夜》 侯马（内蒙古）

1月4日 《台湾来的现代诗前辈》 君儿（天津）

1月5日 《盖戳》 朱剑（陕西）

1月6日 《行路难》 西毒何殇（陕西）

1月7日 《只能相信》 庞琼珍（天津）

1月8日 《祖国的花园》 游连斌（福建）

1月9日 《可怜人》 释然（山东）

1月10日 《汇报》 寒玉（山东）

1月11日 《县长》 五月牛（吉林）

1月12日 《无题》 菊城阿萧（广东）

1月13日 《人民》 吴长杰（云南）

1月14日 《虎山行》 袁魁（安徽）

1月15日 《拳击赛》 凌非（江西）

1月16日 《买鱼记》 安雅微（云南）

1月17日 《澡堂歌星》 第一闲人（广东）

1月18日 《你不知道我想了多久》 绿夭（湖北）

1月19日 《祈愿》 周芳如（广东）

1月20日 《抒情诗人如是说》 白立（陕西）

1月21日 《独立出来》 图雅（天津）

1月22日 《我的婚姻状况》 赵克强（四川）

1月23日 《1976》 高歌（山东）

1月24日 《七十多岁的爸爸在喊他的妈妈》 沈浩波（北京）

1月25日 《滚刀肉》 王有尾（陕西）

1月26日 《死亡之美与微型扬声器》 唐突（湖北）

1月27日 《两条人命》 黄海兮（陕西）

1月28日 《笔名》 苇欢（广东）

1月29日 《我每次到我爸爸家》 海菁（广东）

1月30日	《土司女儿》	李勋阳（云南）
1月31日	《一双好手》	江湖海（广东）
2月1日	《病房记事391》	湘莲子（广东）
2月2日	《淤青》	起子（浙江）
2月3日	《老年作家》	唐欣（北京）
2月4日	《起风了》	张小云（北京）
2月5日	《风水》	李岩（陕西）
2月6日	《武汉来电》	赵思运（浙江）
2月7日	《从来就没有什么救世主》	轩辕轼轲（山东）
2月8日	《转世》	李海泉（陕西）
2月9日	《1991年》	瑠歌（美国）
2月10日	《性别》	游若昕（福建）
2月11日	《风花雪月，风花雪月》	士农工商（湖南）
2月12日	《三十八岁，活在人间》	李婵娟（湖北）
2月13日	《思念》	申雨霏（广东）
2月14日	《雪人》	田半亩（陕西）
2月15日	《真爱》	阿煜（陕西）
2月16日	《再次领悟》	严力（美国）
2月17日	《火化是取暖的方式》	曲有源（吉林）
2月18日	《敬李白》	徐江（天津）
2月19日	《牧师》	蒋涛（北京）
2月20日	《母爱伟大》	韩敬源（云南）
2月21日	《乳牙》	春树（德国）
2月22日	《城市》	李柳杨（北京）
2月23日	《大脚趾》	中岛（北京）
2月24日	《鸭脖》	吴涛（山西）
2月25日	《不明》	杜晓旺（陕西）
2月26日	《青春期》	夙洁（山西）
2月27日	《搭火箭》	陈永祥（湖北）
2月28日	《做菜》	陈可馨（上海）
2月29日	《窗外》	毋毋类（北京）
3月1日	《南泥湾》	南人（北京）
3月2日	《疫之幻》	三个A（广西）
3月3日	《口罩》	笨笨.S.K（陕西）

3月4日	《龙抬头》	陆福祥（广西）
3月5日	《墓志铭》	游子雪松（安徽）
3月6日	《如果没发生疫情你这会忙什么》	黄鹤权（福建）
3月7日	《在菜市场》	马非（青海）
3月8日	《记录吧，你》	林白（北京）
3月9日	《流浪汉》	胡浩洋（浙江）
3月10日	《元宵夜》	向佳杰（湖北）
3月11日	《二月二》	河西（黑龙江）
3月12日	《代表作》	周鸣（浙江）
3月13日	《哈喽，美国》	铁心（山东）
3月14日	《打秋千》	张侗（山东）
3月15日	《窗外鸟鸣》	刘傲夫（北京）
3月16日	《不点菜与不订货》	袁源（陕西）
3月17日	《太疯狂了》	隐形鸟（广东）
3月18日	《家乡的泥土》	柏君（河北）
3月19日	《自由》	冯冯（吉林）
3月20日	《虚设》	温国（河北）
3月21日	《六十六》	蛮蛮（陕西）
3月22日	《大疫之年》	闫永敏（天津）
3月23日	《骨碎》	李东泽（黑龙江）
3月24日	《人间107》	杜思尚（北京）
3月25日	《世界的夜晚》	吴雨伦（美国）
3月26日	《乳山》	海青（山东）
3月27日	《预言：花开疫散》	独化（甘肃）
3月28日	《蒲公英》	张心馨（山西）
3月29日	《自我隔离》	公子槼（湖北）
3月30日	《爱妻》	庄生（广东）
3月31日	《一条群发短信》	里所（北京）
4月1日	《一篇刚刚开头就夭折了的小说》	刘天雨（陕西）
4月2日	《你说客死他乡，风中芦苇便是你的替身——祭一位因新冠肺炎去世的诗友》	叶臻（安徽）
4月3日	《空城记》	梅花驿（河南）
4月4日	《鸽子》	伊沙（陕西）

附录二 《新世纪诗典》第九届年度（2019）大奖与荣誉

一、《新世纪诗典》2019 年度大奖——第九届“NPC 李白诗歌奖”

成就奖：徐江

金诗奖：王有尾

银诗奖：西毒何殇

铜诗奖：赵克强

特别奖：张小云

评论奖：庞华

翻译奖：南妍、郭美兰（韩国）

推荐奖：刘川

文化奖：维马丁（奥地利）

二、《新世纪诗典》第九届年度（2019）荣誉——“中国十大诗歌省区”

陕西、北京、广东、天津、山东、重庆、河南、福建、浙江、四川

三、《新世纪诗典》2019 年度“中国十大魅力诗人”

海菁、苇欢、左右、庞琼珍、马非、图雅、蒋涛、桃子、沈浩波、伊沙

附录三　第九届『NPC 李白诗歌奖』授奖辞和受奖辞

《新世纪诗典》2019 年度大奖
——第九届“NPC 李白诗歌奖”授奖辞和受奖辞

徐江授奖辞

徐江的诗人生涯已愈 30 年，诗歌作品有数千首之巨，超乎大多数诗人。徐江的诗作所形成的独具个人特色的风格，建立在一种对生活口语进行提炼的基础之上，并直面“俗人”的精神处境。思辨、批判、叙事、自嘲、忧伤、温情等都成为这一复调语言风格的组成部分。从《猪泪》《辞书》《幻想》，到后来开启的《杂事诗》《花火》《隧道》《勉强书》《妈妈》等一系列诗著都体现了这种风格，新、老世纪诗典和《徐江的诗》一书中对此也有浓缩式的呈现。徐江的诗歌理论著述、诗歌论争美文，对中外现代诗发展脉络做出了颇具见地的梳理，连同他主编的《葵》《199 年以来的中国诗歌》《给孩子们的诗》等著作，共同起到了对中文现代诗的发展与展示助推的重要作用。特授予徐江先生《新世纪诗典》2019 年度大奖——第九届“NPC 李白诗歌奖 · 成就奖”。

徐江受奖辞

在 52 岁就迎来自己的第一个“终身”性质的成就大奖，是一件惊喜的事情。而在疫情把地球搞得疯狂，在今天这样一个具有特殊意义的时刻撰写获奖答辞，我把这些看作命运对我和我这一代汉语文学同时发出的测试与认证。感谢《新世纪诗典》———“NPC 李白诗歌奖”，这个由中国最具专业精神的诗人伊沙主持的奖项，这已是我第四次亲近它，我的诗神和老友一起庇护着我。感谢诗人马非，同时也是我两部著作的责编，百忙之中为给我撰写授奖词而费尽心力。感恩大家——《新诗典》义工团队的同行、同事们。感恩岁月，哪怕在最暗的夜里，那更高的天际自有明月、星河，一如既往灿烂着，你我永远不会独行。

王有尾授奖辞

10 年以来，《新世纪诗典》这个平台出现了一大批诗人，王有尾是其中表现卓越的一个诗人。因此，大凡写口语诗或写后口语诗的诗人，不知道王有尾是难以想象的。写王有尾的诗也往往一写就出好诗。可见王有尾很有“事实的诗意”，这与其诗善于“化日常为神奇”有关，与他全力推动着口语诗向后口语诗挺进，并形成越来越成熟而精纯的诗艺所产生的影响有关。他的诗歌不讲“道理”而最有“道理”，不“形而上”却实现了“形而上”在诗中的水乳交融，实在而真切，充满生活细节，叙述准确鲜活，还拓宽到了“写实主义的超现实”诗写，尤其在 2019 年的不凡表现，特授予诗人王有尾《新世纪诗典》2019 年度大奖——第九届“NPC 李白诗歌奖 · 金奖”。

王有尾受奖辞

在我 40 岁这一年，获得以“李白”命名的诗歌奖，我视之为诗神对我诗歌的褒奖，更是同行对我写作的嘉许。我出生于鲁西南一个农村家庭，从小被教育要“温良恭俭让”，个人经历又早早把我从一个抢糖果的孩子变成了一个看别人抢糖果的冷娃。在此之前的很多时候，我都是在一种自我虚构的激励中写作；它看上去并不真实，却在我个人的写作中充当了很重要的角色。对于我来说，《新世纪诗典》的出现，让这种来自同行和专业内部的认可变得更为真实，甚至可以说它带给我的体验是任何物质都不能取代的。因为 10 年以来，它已成为发现汉语诗歌优秀文本的第一平台。再回到写诗这件事上，20 多年来的个人写作，我不知道是把我变得更“虚无”还是更“真实”；但我耽于这种方式，并且乐在其中。我不知道我创造的这种“诗”，会给别人带来什么？能改变什么？但它确实在一寸一寸地塑造着“我”。当时代以几十倍的冷漠加速度滚滚前行，唯有诗歌兀自燃烧，它在这暗夜里发出些许温暖的微光；但这微光，便是希望，它曾在无数个瞬间照进我幽深、自负的心灵，让我得以窥见自己并不孤单的身影。感谢《新诗典》！感谢诗人伊沙！感谢诗之路上所有的同行者！

西毒何殇授奖辞

西毒何殇曾说自己“只会写口语诗”，这句话既是说他只有写口语诗的能力，又是在做一种艺术选择：他只写口语诗。无论从哪个角度理解，他都是一位坚定的口语诗写作者。近 10 年来，他用优秀的文本、有见地的理论以及参与编选的实际操作，为口语诗的传播、推广做出了自己的贡献。在过去一年里，他创作了一批质地坚硬的作品，以入选《新世纪诗典》的三首诗为例，既有强大的“事实的诗意”，又有文明的高度和宽阔视野，还有现实的质感与对时代命运的关注。特授予西毒何殇先生《新世纪诗典》2019 年度大奖——第九届“NPC 李白诗歌奖 · 银诗奖”！

西毒何殇受奖辞

从 2001 年算起，我写诗 20 年，如此漫长的一个行为，如果以世俗标准来衡量，既无虚名，也无实利。万事皆有动因，是什么样的动力能让我写到今天，并有可能持续写下去，直至生命结束时？我以为来自两个方面，一是源自内心的自我需求，一是源自同行者的注视。我曾说过，没有一个文学家、艺术家可以远离圈子，离群索居。在任何时代，远离专业圈子的艺术家都得不到应有的尊重。尤其作为诗人，非专业的读者或许可以满足一时的虚荣，但真正的满足感，一定是来自专业者的认同和认可。《新世纪诗典》就是这样一个平台，把你的作品晾出来，在光天化日下，纤毫毕现地接受专业同行的赞誉或挑剔。作品在这里获得认可，得到不只是荣誉，还有一种动力源泉，让人在波谲云诡的当下、世情如麻的当下、整日奔波的当下，不只是患得患失，不只是花面逢迎，不只是苟且偷生，还能安之若素，还能养浩然之气，还能与风车搏斗。正如“授奖辞”中所说，我是一个只会写口语诗的诗人，没错，我就是一个狭隘的人，狭隘到并不是所有对我的赞誉，我都会接受。我一无所获地写了 20 年诗，不是因为我要不到，而是在诗上，我只要我想要的部分，哪怕只是极微小的却闪光的部分。感谢《新世纪诗典》，感谢伊沙！

赵克强授奖辞

他天性有趣、好玩儿，诗里诗外都是一位“老顽童”，写作气质天然“契合”后口语诗歌的精神。他带蜀地麻辣川味的口语诗，展现出一个 50 岁以后的中年男人在面对自我生命阅历体验、家庭情感亲人生活、社会当下存在，表现出来的无比珍贵的个性、诚实、勇敢、幽默和睿智。2019 年，他在《新世纪诗典》满额入选的三首力作，直面呈现了我们在现代社会中，普遍面临的养老、婚姻以及日常家庭生活中最为隐蔽、尖锐、真实和互涉的生存困境，极大地拓展了后口语诗歌表达现代生活情景的广度和深度。特授予赵克强《新世纪诗典》2019 年度大奖——第九届“NPC 李白诗歌奖 · 铜诗奖”。

赵克强受奖辞

《新诗典》第八季满轮、第九季满轮，今天，新诗典又颁给我《新世纪诗典》2019 年度大奖——第九届“NPC 李白诗歌奖 · 铜诗奖”，我要说：“赵大爷是新诗典最幸运的诗人。”其实，我上世纪 80 年代就开始写诗了，也在当年的《诗神》《诗人》《诗潮》《星星》《绿风》等刊物上发过不少诗。但直到 2018 年，幸运地遇上了口语诗，才找到一种酣畅淋漓表达自己的方式，一个宣泄自己生命的出口。我非常乐意面向世界打开自己，跟大家分享我的故事，不虚伪，不装，在生活中是什么样子，在诗中我就是什么样子。因为在一个诗人的作品中，如果看不到这个诗人自己的生活，这个作品就是失败的作品，这个诗人也是失败的诗人。伊沙说：“欲望比才华更重要”。我希望我自己在60岁、70岁甚至80岁（如果活得到那个时候的话），都还能够保持着今天这样的创作欲望，追求愉悦的欲望。谢谢《新诗典》！

张小云授奖辞

他是一名行者。作为第三代诗人、“前口语”的一块活化石，2019年，他连续参加了《新诗典》中国虎门、柬埔寨及俄罗斯国际系列诗会，创作了300多首诗，并以多首干净漂亮的后口语诗夺得诗赛冠军。他说与《新诗典》诗人同行，总觉得自己应该做点什么。于是，2019年9月至今，他以诗评诗，对推荐诗逐首点评，被誉为一个干净人儿、明白人儿、一心向诗的真正的诗人；他说写诗即修行。修得好，连蚊虫也不会叮咬你。他认为否定不等于虚无，始终以“行者”的自觉，保持对麻木的畏惧，赢得了同行的尊重。特授予张小云《新世纪诗典》2019年度大奖——第九届“NPC李白诗歌奖·特别奖”。

张小云受奖辞

三年前，在江油青莲古镇李白衣冠冢前，我与众诗友一起以诗祭拜诗界先人。祭拜未毕，天空正上方渐渐出现日晕彩虹。观此日轮毫光，大家称为“李白之光”。我那时慨叹，这是诗神嘉赐的特别奖啊。没想到，三年后，我获得了本届“李白诗歌奖·特别奖”。何曾想，诗仙早已对我格外垂怜，加冕给我如此厚礼，让我沐浴在诗的大金轮毫相光里。在此，感恩《新诗典》，感恩伊沙，感恩诗友们。写诗与为人一样。李白，这位追求超尘脱俗的青莲居士写有这样的诗句：“济人不利己，立俗无嫌猜。了见水中月，青莲出尘埃。”济世利他，智慧通达，了然世相，超然自在。这不正是诗人所要寻求的目标与境界吗？在诗性面前，人人平等，这就跟“人人都有如来智慧德相”一样，每个生命都潜藏着诗性，能从万事万物中寻觅诗意，传达世相，揭示生命的奥妙。当然，诗性天成，并非天生就是诗人，他需要多方面因素所造就。为此，确立什么样的目标，选择什么样的道路，至关重要。《新诗典》创始人及其同仁们一起创造的诗歌价值观，指明了一条宽广的去处。我习诗数十年来，不断遇到瓶颈，不断寻求突破，在与《新诗典》相遇之后，因为目标明确了，方向清晰了，诗路便越走越稳了，干劲也越来越足了。愿自己继续学习，深入思考，以点点滴滴的行动，来发现富藏世间的“事实的诗意”，跟大家共同创造诗一样的世界。

庞华授奖辞

他是江西诸多奇峰峻岭中的行者——以“老猿”的肉身存世，以“人子”之智慧立身，在2018年“口语诗战”中他一夫当关，用刀劈斧砍般的胆魄、学识、才智和辩力，淬炼出10多篇高纯度诗论，不仅给读者传播了现代诗歌的美学锋芒，而且也壮大了后口语诗学的理论“军火库”。在《新诗典》每日一评中，他以清晰、明朗、厚实的风格及哲学思辨见长，融入人世体验和见解，为同行者鼓与呼，为同道人歌而咏，犹如老猿撞钟，撼人心魄。特授予《新世纪诗典》2019年度大奖——第九届“NPC李白诗歌奖·评论奖”。

庞华受奖辞

我所倾心的当代首屈一指的《新世纪诗典》这个诗歌平台，每天推出一首好诗，表现了“不推无实之作，不薄无名之辈”的推荐原则，视野之大绝无仅有，令我感受到了一种罕见而强大的公心和执行力。如果没有这种长期日复一日的感受，难以想象我能从断断续续到持续不断坚持下来。这一感受将使我，也将使更多人受益终生。写作当然不是为得奖而写，但得奖意味着专业的同行提出了更高要求。因此，只有更专注于写作，才可能更勇猛精进。因此，除了专注于写作还是专注于写作。感谢《新世纪诗典》！感谢诗人伊沙！

南妍、郭美兰授奖辞

诗歌翻译在我们开放而闭塞的时代如此重要，尤其是对于蓬勃生长中的汉语现代口语诗而言。在历史上，汉语诗歌曾与周边语言的文学、文化产生过有效影响与互动，且因此诞生了独特的文本。与此形成对比的是，近几十年来，邻居们对于中文现代诗的最新进展却是有长期隔膜的，这一状态近年得以被打破，完全有赖于《新世纪诗典》义工翻译团队的强力推动。60 后诗人、散文家南妍，70 后诗人、小说家郭美兰，都是上述这一译介队伍中的佼佼者，她们对《新世纪诗典》《当代诗经》中作品的韩语翻译，都为中文口语现代诗进入更广的读者视域做出了重要贡献。特授予南妍、郭美兰《新世纪诗典》2019 年度大奖——第九届“NPC 李白诗歌奖 · 翻译奖”。

南妍受奖辞

在这个时代，通过先进的网络平台，能够每天近距离接触到汉语现代口语诗，还能和持有共同志向的翻译家们一起用母语翻译中国现代诗的诗作，这对于我来说是件非常有幸而富有意义的事情。这都源于《新世纪诗典》，是《新诗典》的诗作感染了我，激发了我对翻译的热情。感谢现代诗人们！感谢《新世纪诗典》！感谢伊沙！

郭美兰受奖辞

曾听说过日本文学之所以这么发展，在于他们早意识到翻译的重要性，让日本国民大量接触西方的名著。让文学走出去抑或引进国外名著，全靠翻译。《新世纪诗典》让我第一次接触到口语诗，开拓了我的视野。大量翻译口语诗的经历无疑对我以后的诗歌创作和小说创作也起了垫脚石作用。感谢《新诗典》，感谢伊沙老师！

刘川授奖辞

他是多年以来在自己供职的官方刊物《诗潮》上发表口语诗最多的编辑诗人，在东北大地上显得孤寂，在中国诗歌版图上显得独特。口语诗在中国的发展，推动并形成了中国当代诗歌史上一场伟大的诗学革新。在这个革新的过程中，助推什么样的诗歌，是一个诗人、诗歌编辑美学价值观的显露。刘川敏锐地看到口语诗对于中国诗歌发展的巨大价值和贡献，10 多年来，为口语诗人提供发表的平台，让众多被忽视的优秀诗人走向读者，他成了中国最好的诗歌编辑之一。他自己笔耕不辍的口语诗歌创作呈现出典型、通透、凝练的特征，从自身的创作到对口语诗歌发表的助推，他为中国口语诗歌的发展和传播做出了巨大的贡献，成了更年轻的诗人、编辑们可学习和借鉴的典范。特授予刘川先生《新世纪诗典》2019 年度大奖——第九届“NPC 李白诗歌奖 · 推荐奖”。

刘川受奖辞

第一句，感谢能以编辑身份获《新诗典》的奖。这是一个来自民间的伟大的奖。但它给予我的，却是职业操守与审美尺度的双重认同。第二句，感谢能以推介“口语诗”获奖。“口语诗”本身之原创精神与写作实验，正为现代汉诗发展提供最丰富之源泉。以舌（而不是语汇）打通世界，乃诗之大道。第三句，愿意敞开怀抱，无私为诗人各种写法提供平台。“创造”二字，其为诗人使命；“服务”二字，其为编辑使命。不敢懈怠。向《新世纪诗典》全体同仁，深致谢意！

维马丁授奖辞

2013 年，他关注到地表第一强诗选《新世纪诗典》后，便成为用汉语写作的《新诗典》明星诗人和《新诗典》特约翻译家。他为《新诗典》奉献国际一流诗作，也为中国当代先锋诗歌提供极为精准的英语或德语版本。在他翻译的 1000 余首诗作中，有些被他推荐到德国、奥地利、瑞士的报刊；在他的努力下，《新世纪诗典》

德语三卷本即将在奥地利出版，让中国当代最优秀的诗歌集体呈现在德语区人民面前，实现了中国新世纪诗歌、文学、文化在海外的重大展示和传播。他在 2015 年和 2020 年两次组织中国诗人访奥，进行诗歌朗诵和研讨，促进中奥文化交流，增进民间互信，加深人民友谊，为创立一个和谐、美好的世界文明共同体做出了卓越的贡献。他是杰出的诗人、著名的翻译家、严谨的汉学家，他更是一位文明的传播者、文化的使者，特授予维马丁先生《新世纪诗典》2019 年度大奖——第九届“NPC 李白诗歌奖·文化奖”。

维马丁受奖辞

谢谢伊沙，谢谢大家！谢谢图雅采访我、写授奖辞！伊沙主持《新诗典》、组织“NPC 李白诗歌奖”九年，非常了不起。伊沙每天写诗，写得那么多、那么好，还写长篇小说、教书、踢球，还剩下多少时间呢？最近我每天翻译当天推荐的 NPC 诗歌，从疫情时期开始这样做的，就想到伊沙每天专心推荐需要的时间。对不起，我做书真的太慢，三卷德语 NPC 第一卷今年会做出来，第二和第三卷明年出来。德国、瑞士、奥地利报刊会继续刊登一些《新诗典》诗人的诗歌，虽然如此，但还是觉得太慢太少。今年 6 月 8 日，瑞士最大的报纸 NZZ 刊登了马非一首，NZZ 和德国最权威的报纸《法兰克福汇报》都喜欢伊沙和《新诗典》诗人的诗歌，美国纽约文学杂志也刊登了我翻译的春树的诗。除此之外，网上有不少人在看我用英语或德语翻译新诗典的诗。感觉到《新世纪诗典》真不愧简称为 NPC：诗国人民代表大会。而伊沙创办的 NPC 快整整 10 年了，每天“开会”，大部分是在网上，不怕疫情，疫情反而让很多《新诗典》诗人写得更多更好。我能参加本次大会已经非常非常荣幸，得奖觉得太过。真是幸福！谢谢！

注：授奖辞由马非、庞华、朱剑、赵立宏、湘莲子、李异、徐江、韩敬源、图雅等撰写。

附录四 《新世纪诗典》常青藤诗人光荣榜（三十人）

《新世纪诗典》前九季每本皆有诗入选者

沈浩波、唐欣、马非、侯马、徐江、君儿、严力、西娃、朱剑、伊沙、潘洗尘、王有尾、湘莲子、西毒何殇、蒋涛、李岩、邢昊、艾蒿、起子、李勋阳、韩敬源、李异、黄海兮、梅花驿、摆丢、南人、高歌、刘川、轩辕轼轲、庄生

附录五　我们的足迹：《新世纪诗典》系列诗会

第 1 场 “阳光照在需要它的地方”北京诗会　2011 年 9 月，北京师范大学

第 2 场 “首届年度大奖颁奖礼”暨“小春天”广州诗会　2012 年 3 月，广州广东省立图书馆

第 3 场 “我在什么地方打动了你”长安诗会　2012 年 5 月，西安外国语大学

第 4 场 《新世纪诗典（第一季）》首发式暨“诗歌的盛宴”朗诵会　2012 年 12 月，北京红方剧场

第 5 场 “火焰与词语”万邦诗会　2013 年 1 月，西安万邦书城

第 6 场 “第二届年度大奖颁奖礼”暨惠州诗会　2013 年 3 月，广东省惠州市惠州宾馆

第 7 场 “第六届珠江国际诗歌节”西安站暨“《新世纪诗典》朗诵会”2013 年 10 月，陕西师范大学

第 8 场 “第三届年度大奖颁奖礼”暨“李白故里朗诵会”2014 年 3 月，四川省江油市李白纪念馆

第 9 场 《新世纪诗典》“长安诗歌节”端午诗歌朗诵会　2014 年 6 月，陕西师范大学

第 10 场 “对影成诗人”《新世纪诗典》“长安诗歌节”中秋诗歌朗诵会　2014 年 9 月，长安大学

第 11 场 “诗歌让我们成为更好的人”广西—越南诗会　2015 年 1 月，千年传说动漫集团公司

第 12 场 “越南的忧郁”越南下龙湾诗会　2015 年 1 月，下龙湾市海滨咖啡馆

第 13 场 “汉字像一些精灵 ——《新世纪诗典（第三季）》首发式朗诵会”2015 年 3 月，北京师范大学

第 14 场 “维也纳之夜”奥地利维也纳诗会　2015 年 3 月，维也纳市 1 区修道院

第 15 场 “第四届年度大奖颁奖礼”暨“李白故里朗诵会”2015 年 4 月，四川省江油市李白纪念馆

第 16 场 新世纪诗典、“长安诗歌节 · 端午诗会”暨“长安诗人风骨”—— 伊沙、秦巴子书法展　2015 年 6 月，西安会展中心青曲文化

第 17 场 《新世纪诗典》“李白诗歌奖”金奖礼暨“古塘之夜”朗诵会　2015 年 6 月，北京古塘咖啡馆

第 18 场 “崆峒山诗会”（含“李白诗歌奖”首届翻译奖颁奖礼）　2015 年 8 月，甘肃省平凉市广成大酒店

第 19 场 长安“金秋诗会”暨“诗眼”新诗典诗人视觉艺术展　2015 年 10 月，西安国际会展中心

第 20 场 “南行记 · 新世纪诗典桂新马泰国际诗会南宁站”朗诵会　2016 年 1 月 19 日，南宁千年传说公司

第 21 场 “南行记 · 新世纪诗典桂新马泰国际诗会曼谷之夜”　2016 年 1 月 21 日，泰国曼谷玉桂酒店

第 22 场 “南行记 · 新世纪诗典桂新马泰国际诗会芭提雅场”　2016 年 1 月 23 日，泰国芭提雅迈克花园酒店咖啡厅

第 23 场 “南行记 · 新世纪诗典桂新马泰国际诗会素那万普机场国际区专场”　2016 年 1 月 25 日，泰国原眼镜蛇王机场

第 24 场 “南行记 · 新世纪诗典桂新马泰国际诗会新加坡场”　2016 年 1 月 25 日，新加坡新海山海鲜餐厅

第 25 场 “南行记 · 新世纪诗典桂新马泰国际诗会马六甲场”　2016 年 1 月 26 日，Bayou Lagoon Park Resort 酒店

第 26 场 “南行记 · 新世纪诗典桂新马泰国际诗会云顶娱乐城场”　2016 年 1 月 27 日，马来西亚云顶娱乐城

第 27 场 “南行记 · 新世纪诗典桂新马泰国际诗会吉隆坡场”　2016 年 1 月 28 日，吉隆坡水晶皇冠酒店

第 28 场 “南行记 · 新世纪诗典桂新马泰国际诗会南国猴年迎春诗会”　2016 年 1 月 29 日，南宁千年传说动漫集团公司

第 29 场 “磨铁之锋”新世纪诗典“700 人之夜”诗歌朗诵会　2016 年 3 月 25 日，北京磨铁图书有限公司

第 30 场 “第五届年度大奖颁奖礼”暨“李白故里朗诵会”2016 年 4 月 23 日，四川江油李白纪念馆

第 31 场 珠海“渔歌蚝情朗诵会暨长安诗歌节”第 225 场 2016 年 2 月 27 日，珠海渔歌蚝情文化主题餐厅

第 32 场 “韩国国际诗会”第 1 场暨“磨铁读诗会第 3 场” 2016 年 7 月 7 日，北京

第 33 场 “韩国国际诗会”第 2 场　2016 年 7 月 8 日，韩国首尔中国文化中心

第 34 场 “韩国国际诗会”第 3 场暨“长安诗歌节”第 242 场　2016 年 7 月 10 日，首尔首都大酒店大堂

第 35 场 “韩国国际诗会”第 3 场暨“葵之怒放诗歌节”首尔场　2016 年 7 月 11 日，首尔 maboo 咖啡馆

第 36 场 青海诗会“天下黄河贵德清”暨“长安诗歌节”第 244 场　2016 年 8 月 7 日，青海贵德黄河边

第 37 场 青海诗会“金银滩诗会”　2016 年 8 月 8 日，青海金银滩草原帐篷

第 38 场 青海诗会“草原之夜 · 青海湖与原子城”十分钟限时同题诗会　2016 年 8 月 8 日，金银滩草原帐篷

第 39 场 “长安诗歌节”第 248 场“中秋诗会暨《当代诗经》朗诵会”　2016 年 9 月 11 日，西安交大人文科学院

第 40 场 新诗百年研讨会暨“诗耀泉城”朗诵会　2016 年 12 月 8 日—10 日，济南市山东书城

第 41 场 新诗典“北京初春选诗会”暨“磨铁读诗会第 5 场” 2017 年 3 月 11 日，北京

第 42 场 “新世纪诗典第六届年度大奖颁奖礼”暨“李白故里朗诵会”2017 年 5 月 5—7 日，四川江油李白故里

第 43 场 诗意两江《新世纪诗典》重庆诗会　2017 年 5 月 31 日—6 月 2 日，重庆两江新区

第 44 场 新诗典“2017 韩国首尔国际诗会” 2017 年 7 月 21 日，首尔早午二合一咖啡馆

第 45 场 新诗典“天津滨海诗会” 2017 年 7 月 27 日，天津滨海 1 号会议厅

第 46 场 惠州诗会“常常听到远方的声音” 2017 年 7 月 25—28 日，惠州喜悦大酒店

第 47 场 新诗典“鄂尔多斯诗歌那达慕诗会” 2017 年 9 月 23—26 日，鄂尔多斯市

第 48 场 “西双版纳老挝行国际诗会”第 1 场 2018 年 2 月 2 日，西双版纳勐宋雨林庄园

第 49 场 “西双版纳老挝行国际诗会”第 2 场 2018 年 2 月 3 日，西双版纳勐宋雨林庄园

第 50 场 “西双版纳老挝行国际诗会”第 3 场新诗典“2500 首之夜” 2018 年 2 月 5 日，老挝琅勃拉邦省孟和酒店

第 51 场 “西双版纳老挝行国际诗会”第 4 场 2018 年 2 月 6 日，乌多姆赛场友谊宾馆

第 52 场 “新世纪诗典第七届年度大奖颁奖礼”暨“李白故里朗诵会” 2018 年 5 月 25 日—27 日，四川江油李白故里

第 53 场 “新世纪诗典日本诗会”大阪场 2018 年 7 月 21 日，大阪府お鱼汉字四十八字

第 54 场 “新世纪诗典日本诗会”旅途场 2018 年 7 月 22 日，名古屋途中

第 55 场 “新世纪诗典日本诗会”伊豆场 2018 年 7 月 23 日，伊豆市大平森林温泉

第 56 场 “新世纪诗典日本诗会”旅途中 2018 年 7 月 24 日，去东京途中

第 57 场 “新世纪诗典日本诗会”成田机场场 2018 年 7 月 26 日，日本成田国际机场

第 58 场 “新世纪诗典江南诗会”明基酒店场 2018 年 10 月 19 日，南京明基酒店

第 59 场 “新世纪诗典江南诗会”先锋书店场　2018 年 10 月 20 日，南京先锋书店五台山店

第 60 场 “新世纪诗典江南诗会”当涂一中场　2018 年 10 月 21 日，安徽当涂一中

第 61 场 “新世纪诗典葵之怒放诗歌节跨年诗会”跨界书店　2018 年 12 月 31 日，天津高新区

第 62 场 “新世纪诗典虎门—柬埔寨跨国系列诗会”虎门场　2019 年 1 月 20 日，东城食府（太沙店）

第 63 场 “新世纪诗典虎门—柬埔寨跨国系列诗会”广州场　2019 年 1 月 20 日，人和镇粤北农家菜

第 64 场 “新世纪诗典虎门—柬埔寨跨国系列诗会”金边场　2019 年 1 月 21 日，bobebogo 酒吧

第 65 场 “新世纪诗典虎门—柬埔寨跨国系列诗会”暹粒吴哥林塔娜克酒店场　2019 年 1 月 22 日，室外咖啡

第 66 场 “新世纪诗典虎门—柬埔寨跨国系列诗会”暹粒吴哥林塔娜克酒店场　2019 年 1 月 23 日，酒店 204 房间

第 67 场 “新世纪诗典虎门—柬埔寨跨国系列诗会”暹粒吴哥林塔娜克酒店场　2019 年 1 月 24 日，酒店 204 房间

第 68 场 “新世纪诗典虎门—柬埔寨跨国系列诗会”暹粒机场场　2019 年 1 月 25 日，机场咖啡厅

第 69 场 “新世纪诗典第八届年度大奖颁奖礼”暨“李白故里朗诵会”　2019 年 6 月 21 日至 23 日，四川江油李白故里

第 70 场 《新世纪诗典》江南诗会暨第四届亚洲诗人奖系列诗会乐福全套间酒店场　2019 年 7 月 12 日，苏州乐福全套间酒店

第 71 场 《新世纪诗典》江南诗会暨第四届亚洲诗人奖系列诗会第 1 场　2019 年 7 月 12 日，苏州穹隆山下乐福酒店

第 72 场 《新世纪诗典》江南诗会暨第四届亚洲诗人奖系列诗会钟书阁书店场　2019 年 7 月 13 日，苏州钟书阁书店

第 73 场 《新世纪诗典》江南诗会暨第四届亚洲诗人奖系列诗会

上书洲书院场　2019 年 7 月 14 日，苏州上书洲书院

第 74 场　《新世纪诗典》俄罗斯国际诗会第 1 场“莫斯科郊外的夜晚”　2019 年 7 月 19 日，弗拉基米尔乡村木屋旅馆酒吧

第 75 场　《新世纪诗典》俄罗斯国际诗会第 2 场“圣彼得堡芬兰湾”　2019 年 7 月 21 日，圣彼得堡芬兰湾码头

第 76 场　《新世纪诗典》俄罗斯国际诗会第 4 场“向阿赫玛托娃致敬”　2019 年 7 月 22 日，圣彼得堡保科马罗沃乡村公墓阿赫玛托娃墓前

第 77 场　《新世纪诗典》俄罗斯国际诗会第 5 场“圣彼得堡涅瓦河畔”　2019 年 7 月 22 日，圣彼得堡 Fontank 酒店外涅瓦河畔

第 78 场　《新世纪诗典》俄罗斯国际诗会第 5 场“莫斯科多莫杰多沃机场”　2019 年 7 月 24 日，莫斯科多莫杰多沃机场

第 79 场　《新世纪诗典》中东欧行之阿尔卑斯山场　2020 年 1 月 11 日，因斯布鲁克市阿尔卑斯雪山山麓

第 80 场　《新世纪诗典》中东欧行之斯洛伐克多瑙河圣马丁大教堂场　2020 年 1 月 16 日，斯洛伐克布拉迪斯拉法圣马丁大教堂

第 81 场　《新世纪诗典》中东欧行之维也纳黑格社区图书馆　2020 年 1 月 18 日，维也纳黑格社区图书馆及公共餐厅

第 82 场　《新世纪诗典》中东欧行之匈牙利温泉场　2020 年 1 月 19 日，匈牙利温泉

第 83 场　《新世纪诗典》中东欧行之维也纳乒乓球场　2020 年 1 月 20 日，维也纳黑格社区公共餐厅及乒乓球室

第 84 场　《新世纪诗典》九周年网络诗会　2020 年 4 月 4 日，互联网

附录六 《新世纪诗典》义工团队

主持人、编选者：伊沙

理事长：沈浩波

责任编辑：湘莲子

特约评论家：徐江

特约翻译家：维马丁（奥地利）

特约翻译家：洪君植（美国）

特约翻译家：梁余晶（新西兰）

特约翻译家：郭美兰（韩国）

特约翻译家：苇欢

特约美术师：李异

特约美术师：李伟

资料馆馆长：游连斌

互动召集人：蒋涛

活动总监：西娃

活动策划：图雅

豆瓣主管：李勋阳

微信操盘手：宋壮壮

特约记者：李振羽

特约朗诵家：高歌

特约朗诵家：君儿

特约统计员：杨艳

外联部主任：左右

特约编辑：张明宇

特约音乐编辑：唐突

特约直播员：西毒何殇

编者敬告

在本书的编选过程中，我们曾设法联系所有入选诗人，并获得了大部分诗人对入选作品的授权书，感谢各位诗人的支持。但在我们多方找寻后，仍未能与极小一部分入选作者取得联系，特此致歉，并请看到本公告后联系我们：

邮箱：motiepoems@163.com

地址：北京市西城区德胜国际中心 B 座 10 层诗歌工作室

邮编：100088

磨铁读诗会

2020/08

图书在版编目（CIP）数据

新世纪诗典．第九季 / 伊沙编选．-- 北京：中国友谊出版公司，2021.5

ISBN 978-7-5057-5099-9

Ⅰ．①新… Ⅱ．①伊… Ⅲ．①诗集－中国－当代 Ⅳ．① I227

中国版本图书馆 CIP 数据核字 (2021) 第 015605 号

书名 新世纪诗典．第九季
作者 伊 沙 编选
出版 中国友谊出版公司
发行 中国友谊出版公司
经销 新华书店
印刷 河北鹏润印刷有限公司
规格 635 × 965 毫米 16 开
25 印张 220 千字
版次 2021 年 5 月第 1 版
印次 2021 年 5 月第 1 次印刷
书号 ISBN 978-7-5057-5099-9
定价 65.00 元
地址 北京市朝阳区西坝河南里 17 号楼
邮编 100028
电话 （010）64678009

中国当代先锋诗歌现场

《新世纪诗典》书系：第一至九季 伊沙 编选

《那些写诗的80后》春树 主编

《正在写诗的年轻人》李柳杨 主编

磨 铁 读 诗 会